Iman Bassalah

AÏDA
OU
LE BONHEUR DES DAMES

Éditions Anne Carrière

De la même auteure

Romans
À gauche du lit, Anne Carrière, 2021
Hôtel Miranda, Calmann-Lévy, 2012

Récits
À l'école des enfants malades, Kéro/Calmann-Lévy, 2020
Comment réussir sa dépression ?, TF1 Publishing, 2010
Les Femmes au miel et autres histoires joyeuses, Michalon, 2009
Profs Academy, La Martinière, 2007

Documents
La Vie sexuelle des écrivains, Nouveau Monde Éditions, 2016
À la plage (avec Pauline Baer), Balland, 2012

Collectifs
La seule chose à briser, c'est le silence, Les Points sur les i, 2015
Le Lendemain, Villemarie Littérature (Québec), 2015
Nouvelles de Tunisie, Magellan & Cie, 2012

ISBN : 978-2-3808-2237-3

www.anne-carriere.fr

« — Madame, veuillez me suivre.

Elle eut une courte révolte.

— Mais pourquoi, monsieur ?

— Veuillez me suivre, madame, répéta l'inspecteur, sans élever le ton. »

Émile Zola, *Au bonheur des dames*, 1883

1

« Pourquoi vous volez ? »

Le vigile prend un air de *profiler*, il a tout de suite compris que je n'en étais pas à mon premier vol, malgré mon tremblement de débutante. D'ici, j'étais déjà ressortie avec deux robes sous le bras, une Claudie et une Joseph, une valise aussi, pas le même jour. Et puis des bricoles, du thé, une bougie, quelques cuillers.

Son prénom résonne dans le talkie-walkie : c'est drôle, il s'appelle Virgile. « Virgile le vigile », ça me rappelle le titre des albums de mes petits : *Patouch la mouche, Chloé l'araignée, Loulou le pou*... J'ai envie de lui demander d'où il vient, sans doute des îles. C'est vaste, les îles, aussi imprécis que « les Arabes ». Ils disent que les Arabes sont des voleurs, mais je ne suis pas complètement arabe, je suis libanaise, chrétienne, phénicienne... Enfin, l'arabe, c'est quand même ma langue maternelle. Oh, mes pauvres parents, si vous saviez !

Je vois bien que je ne suis pas près de sortir de là, mais ça ne me déplaît pas d'être prisonnière, ivre d'angoisse, loin des petits tracas du quotidien. On s'excite comme on peut, non ? Je téléphone à Rada, surnommée « la Roumaine du rez-de-chaussée » par le voisinage. C'est mon amie au foulard noir. Maigre, édentée, cheveux de soie poivre et sel, elle a récupéré la loge de la gardienne contre divers services adaptés à son âge. Heureusement, elle peut aller récupérer Dina et Charbel à l'école, elle a fini ses retouches. Dan n'est pas là, il est en séminaire pharmaceutique, c'est presque dommage, je n'aurai pas d'excuse à inventer.

Le géant, debout, tient encore mon sac en cuir, il me l'a littéralement arraché des mains. Je ne sais pas encore ce que je risque, ni ce qui m'a pris. C'est la première fois que je tente de dérober un objet d'une manière aussi désinvolte : à part une petite paire de ciseaux oubliée au fond de ma poche – elle m'avait servi à couper un épi sur la tête de Charbel dans le bus le matin même –, je n'avais pas vraiment de matériel sur moi pour espérer venir à bout de l'antivol. Il allait sonner très fort au portique, et je n'allais certainement pas me volatiliser sur le trottoir sombre de la sortie arrière que j'avais empruntée, les voitures roulaient trop près, trop vite. Tout ça, je le savais, alors à quoi avais-je voulu jouer ? Au gendarme et au voleur, au risque de rater la sortie d'école ?

Je ne suis pas une voleuse professionnelle, je suis une voleuse compulsive. Je me déroute, je me gonfle, je sens les brûleurs de la montgolfière dans un mouvement fou, je mets les voiles, je visite l'extase, j'approche la plénitude de l'aurore pure. Puis je retombe, jambes flasques, sur le pavé. Je me fais du mal, et parfois j'en fais aussi aux autres qui assistent au spectacle, convoqués en rang dans ma tête. Je culpabilise face à ces mères qui volent, elles, pour nourrir leurs oisillons. La cambrure du bocal de raviolis, c'est pas l'étui du rouge à lèvres, ça ne doit pas procurer la même sensation quand on l'empoigne.

« Vous n'avez rien pris d'autre ? »

Je hausse les épaules, puis lui tends mon manteau.

« Fouillez si vous voulez ! » Je me lève pour retourner les poches de mon pantalon, je ricane : « En plus, elles sont trouées ! »

Il ne cille pas. À la radio, *Petite Marie*, de Francis Cabrel, « Moi, mes poches sont vides et mes yeux pleurent de froid », je fais seule les frais du comique de la situation. Pourtant, je ne suis pas si sûre de moi, parfois je prends et puis j'oublie, des trésors restent enfouis des semaines tout contre moi sans que je les sente. La femme de ménage me sermonne : « Il faut bien palper et secouer, madame, avant de mettre les vêtements dans la machine. Regardez ce que j'ai encore trouvé dans vos pantalons ! C'est dommage, de si belles boucles d'oreilles ! »

Penchée, je délace mes bottines, mais il m'arrête d'un geste absurde, on dirait qu'il balaie une odeur sous son nez. J'ai envie de lui demander pourquoi il ne lâche pas le sac, a-t-il oublié qu'il le tenait toujours ? Virgile, il sent bon le musc, il sent bon le bien, le savon qui frotte.

« Vous en faites quoi, après ? Vous vendez ? »

Je le regarde, surprise. Vendre, je n'y avais jamais pensé. EBay, Vinted… Une organisation terrible ! Et puis, pour un tel sac, porté par de nombreuses célébrités, j'imagine qu'il faut pouvoir produire une facture, un certificat d'authenticité, tout un casse-tête. Parfois j'offre, je donne, ça m'arrive oui, souvent même. Je réponds mollement : « Usage récréatif. » Je me corrige : « Usage personnel, plutôt, vous allez marquer ça quelque part ? »

Le temps passe, j'entends là-haut la voix enregistrée qui dit à tout le monde de passer à la caisse (en plus poli). Les employés n'en peuvent plus, la journée n'en finit pas de finir, mais ils ne doivent rien manifester. Comme mes élèves : quand ça sonne, interdiction de pousser la table en avant et de basculer le sac à dos déjà prêt, comme par miracle, sur l'épaule. À l'heure qu'il est, je sais juste que mes enfants dégustent un bon plat de mamaliga, la bouillie que leur prépare Rada, à base de maïs et de fromage fondu. Rada est un peu leur seconde mamie, Dina et Charbel peuvent s'endormir chez elle à tout moment sans que ce soit ni un drame ni une fête. Comme au village, au Liban, les matelas restent jetés à même le sol, lavés à grandes eaux les jours de soleil. Mais moi, je ne vais tout de même pas dormir ici ? Virgile a dit que nous devions attendre ensemble l'arrivée du directeur, pour savoir ce qu'ils allaient faire de moi. Pourquoi le directeur ? En quel honneur ? Si c'était si grave, pourquoi n'appelait-il pas tout simplement la police ? Était-il employé au noir ?

« Vous voulez un thé ?

— Un quoi ?

— Lipton Yellow, Lipton Mint, Fruits rouges… Je vous propose du thé.

— Oui, c'est gentil, n'importe lequel mais sans sucre, s'il vous plaît ! »

Il avait refusé que j'enlève mes chaussures (« On n'est pas à l'aéroport »), mais était-ce pour me proposer de me déshabiller quelques instants plus tard en échange de sa clémence ? Sur Internet, de curieuses vidéos circulent : « Vigile punit voleuse ». Le Zola d'*Au bonheur des dames*, mon préféré, ma bible, ne rêvait-il pas ainsi aux voleuses des grands magasins, quand il les imaginait attrapées, dénudées, fouillées, « gorge » et « hanches », dans le temple parisien d'Octave Mouret ? Mais non, pas Virgile, je me fais des films ! La loi est trop forte dans mon pays.

2

Quelques jours après la soirée bien arrosée du Printemps (il n'y eut pas que du thé), me voici donc de retour dans un rôle que je maîtrise, en apparence. Les enfants sentent bon le shampooing frais, les pyjamas sont assortis. La maison dégage une odeur de cire, les vitres brillent… Je balaie du regard l'appartement avec les yeux de Dan. Aucune trace suspecte, c'est parfait. Surnommé « Monsieur Propre » par ses frères à cause de sa phobie de la tache, Dan ne trouvera rien à redire. Et j'ai enfin racheté des ampoules, boulevard Henri-IV, pour la « Pipistrello ». Au comptoir, j'ai failli dire « la pipi-caca », comme Charbel pour moquer son père quand il parle de la célèbre lampe italienne, qu'il choie comme une idole. Depuis qu'elle est là, mon fils ne peut plus jouer au foot de salon les jours de pluie. Dan classifie tout, blanchit tout, c'est son métier qui le rend comme ça : cette version des faits me rassure. Un dernier petit tour dans les chambres, les toilettes… Poignée de l'entrée principale : check. Poignée de l'entrée de service : check. J'allais oublier le principal, le « bureau ovale », là où Dan travaille et range tous les documents pharmaceutiques qu'il classe « secret-défense ». Autrement dit, interdiction absolue de fouiner ! Mais Dina a bien pensé à replacer le presse-papiers en forme de buste de cheval sur la pile. Officiellement, Boucle d'or n'a rien touché.

Quand il est rentré de son séminaire pharmaceutique, la veille, il m'a lancé :

« Rien à signaler, chérie ?

— Rien à signaler, chéri ! »

Nous avons fait l'amour comme quand il revient d'un endroit où il a eu du succès. Vite et bien. Il y a toujours un moment où l'un des jumeaux vient dans notre chambre... Nous avons donc élaboré une stratégie pour gagner en intensité dans un temps limité. Dan adore, et moi, je ne fais plus de listes de courses en attendant que ça finisse.

Les enfants réclament une histoire avant de dormir. Je sais déjà que je commencerai par la formule arabe « *Kan Ya Makan* », même si le conte n'a rien d'oriental. « *Kan Ya Makan* », c'est comme « Abracadabra », tout le monde comprend. Un monde apparaît, puis disparaît, c'est le deal. Il faut le saisir au vol, au moment magique, à ses débuts. Les enfants veulent aussi que j'imite Alice, mon amie de toujours, leur marraine, qui a joué le rôle d'une fée dans son dernier film. Alice sait combien je rêve encore de monter sur scène, et que ce qui m'épuise le plus au monde, c'est le quotidien, entre la platitude enchantée de Dan (du moins dans la vie privée), mes jumeaux et mes élèves. L'horloge réglée, trop réglée, les réveils à 7 h 20 le matin, ça me coupe les ailes quand ça sonne. Au moins, quand je vole, j'ai l'impression que je remonte un peu sur les planches : il y a le trac, le jeu d'actrice. On doit assez me regarder pour me juger « honnête femme », mais pas pour me voir. Quand ça tinte au portique, la trappe s'ouvre, pour moi. « J'ai travaillé ma démarche, porté les lunettes sans verres de ma sœur, travaillé ma voix pour ressembler à un homme », avait confié à la presse l'une des braqueuses du gang des Amazones. Ça m'avait subjuguée, elle savait qu'elle « jouait ».

Alice m'a proposé un rôle de figuration dans le film qu'elle tourne en ce moment. « Figurante *intelligente*, comme toi, a-t-elle insisté lourdement. Et tu pourras rencontrer Basil, le célèbre producteur libanais, il vient ! Il s'installe à Paris. Un nouveau compatriote, tu pourrais te le mettre dans la poche ? »

J'ai persiflé : « Beyrouth crève, et les montres en or repoussent ailleurs. »

Mais j'ai dit oui. Mon nom paraîtra au générique, ça le changera des fiches de vigiles. Le tournage se déroulera dans un restaurant proche de Saint-Eustache, transformé en haut lieu de la nuit parisienne. L'ambiance est aux années Palace. Je serai habillée d'une robe moulante à paillettes sous une veste pied-de-poule à épaulettes, et je porterai de grosses boucles d'oreilles à clips. Je suis avertie : un brushing sophistiqué au-dessus de ma tête nécessitera une cargaison de laque. J'aurai à décrocher un téléphone à cadran, à enlever l'une des boucles et à prononcer, en retirant l'un de mes escarpins comme si j'avais trop dansé : « Désolée, c'est complet ! Ah, c'est pour… Un instant, je vais voir ce que je peux faire pour vous. » Puis, le combiné plaqué contre ma poitrine comme si on ne pouvait rien entendre comme ça, je devrai faire signe au maître des lieux. Pas du Rostand dans le texte, mais mieux que rien !

Les enfants dorment enfin. Bonne élève, je répète quand même ma scène, assise par terre dans la cuisine. Pas d'entrée des artistes pour moi dans cette baraque. Ni même un petit cagibi où je pourrais m'évader, espérer que l'on m'oublie. Je pourrais me créer un bureau, puisque les enfants tiennent à dormir dans la même pièce et que la chambre d'amis ne sert que pendant les fêtes, quand c'est nous qui les organisons. Hélas, je ne parviens pas à rêver, quand une table m'attend. Les copies à corriger me désespèrent, si je ne m'installe pas au sol ou sur un canapé pour les affronter. Je m'allonge parfois dans le bureau de Dan pour travailler un texte, mais j'ai du mal à y trouver une position. Ma barrette à cheveux pourrait égratigner le cuir de son Chesterfield.

Je promets aussi à ma conscience (c'est-à-dire à mon journal, caché dans la cocotte-minute) que cette semaine, où j'ai un autre rôle à jouer que celui de petite voleuse, où j'ai des gens du milieu à rencontrer – et on ne sait jamais où ça peut me mener –, eh bien, oui, cette semaine, je ne volerai pas. Je dévore le reste du plat de pâtes au jambon des enfants, que je gratine avec un paquet de parmesan râpé et noie dans du roquefort. J'éventre des paquets de gâteaux, de bretzels et de bonbons. Chaque fois que je tente de me sevrer du vol, mes doigts sont nerveux. Crise de manque. Dans ces moments, je boulotte ou tripote tout ce qui me passe sous la main, en attendant que ça se calme. Si rien ne se présente, je glisse un bras sous mon pull et pelote l'un de mes seins, c'est doux et chaud, un *fatayer* ! Ma grand-mère cachait son argent dans son soutien-gorge, j'imagine peut-être extirper un trésor de ma poitrine. Dans le roman de Zola, Mme de Boves, atteinte elle aussi de cette étrange maladie qui porte certaines dames à ne pouvoir s'empêcher de chaparder, prise la main dans le sac, avait bien réussi à y planquer un éventail, un mouchoir et une cravate. Je la soupçonne de porter un bonnet F, ce serait bien le genre de Zola.

3

27, rue de la… Oui, je n'ai pas la berlue, c'est bien là, le rendez-vous pour les figurants du jour. C'est un mardi, je me suis fait porter pâle, ils ont l'habitude avec moi, au lycée. Il y a des flèches fluo un peu partout, des indications au marqueur. On ne peut pas dire que ce soit Hollywood, là ! Alice ne me laisse pas le temps de grimacer : « Chérie, je suis désolée, il paraît qu'ils vous ont parqués dans un endroit pourri ! »

La seule autre personne que Dan à m'appeler « chérie », dans ma vie, c'est Alice. Et, quand elle le fait, c'est qu'elle culpabilise vraiment. Je jette un coup d'œil sur son compte Instagram, bingo, elle se prépare non pas dans une caravane, mais à l'hôtel du Louvre ! Basil, le producteur, la regarde comme la septième merveille du monde, tandis qu'elle essaie un loup. « Fête de fin de tournage *is coming soon* », légende-t-elle. Je ne pense pas que ce sera « houmous party », l'ambiance, pour eux, ce soir.

Je prends le café que l'on me tend, un fond de gobelet en réalité. Cette journée va être longue, et il fait si froid, même à l'intérieur ! *Zucker, zucchero, sucre…* Je relis plusieurs fois l'inscription sur le petit sachet que je pétris dans tous les sens, sans parvenir à provoquer l'avalanche de poudre que je guette. Un cor des Alpes est dessiné dessus.

Mon père possède une boîte à biscuits orange où il collectionne les sachets de sucre « griffés ». (« Les boîtes à biscuits sont le coffre-fort du pauvre », disait Boltanski.) C'est bien connu, les Libanais adorent les marques. Mon père est capable de s'arrêter devant un restaurant ou un palace pour demander du sucre, disant : « J'ai une chute de glycémie ! » Personne ne lui refuse un sachet de sucre ; c'est une collection facile à compléter. Ce qu'il préfère avant tout, c'est le sucre des compagnies aériennes que je lui rapporte de mes voyages, mais ils sont de moins en moins personnalisés. « Tu sais, Aïda, le sucre, c'est le sel de la vie. » Son larcin le plus honorable. Je glisse le sachet pour lui dans ma poche, cadeau.

« Vous voulez bien me suivre, pour la coiffure et le maquillage ? Ça risque d'être un peu long, mais nous avons de la lecture ! »

Devant le miroir, mes joues sont rouges, je ne m'étais pas aperçue que je les frottais si rudement. Tandis que la maquilleuse prépare ses pinceaux, je fouille dans ma trousse de secours à la recherche d'un échantillon pour apaiser ma peau. La première, comme la seconde... Je retourne le magazine posé devant moi. Je ne m'attendais pas à lire la *Revue des Deux Mondes* ici, mais *Gala* avec la tête d'Alice dessus ? Non merci, elle m'a déjà envoyé l'interview, et offert le chemisier avec lequel elle pose en couverture. Heureusement que j'ai pensé à prendre mon exemplaire d'*Au bonheur des dames*. L'édition originale, Charpentier, avec des rousseurs sur le papier et cette ineffable odeur d'humidité. Lorsqu'il est posé sur ma table de chevet, sa vue m'apaise, comme d'autres la Bible, ou une photo d'enfance. J'essuie sur la reliure la crème qui me reste sur les doigts, pour en soigner le cuir au passage. Mes mains caressent les reliefs, frémissent à chaque rencontre, me redemandent un peu de ce liquide blanc et onctueux. Que je leur refuse ! Ce n'est pas parce que c'est tombé du ciel qu'on peut gaspiller. Ont-elles connu la guerre, celles-là ?

« Madame, levez un peu plus le menton, s'il vous plaît. »

Ça y est, j'entame la métamorphose ! Je me trouve plutôt drôle sous mon casque chauffant. J'hésite à envoyer une photo à Dan, il me répondrait sans doute quelque chose d'amoureux, bien qu'au fond de lui il puisse me trouver pathétique. Finalement, je la poste sur Instagram (Dan ne fait pas partie de mes contacts). C'est Alice qui réagit d'abord. Elle est aussi souvent aux premières loges quand je me mets en scène avec l'un des objets que j'ai volés, avec le *#magasinite* laissant croire à une frénésie de shopping. Qui d'autre qu'elle pourrait deviner que ce mot désigne le mal de ne pouvoir s'empêcher de voler dans les magasins, ces monstres de tentation qui devenaient géants au temps de Zola ? Ce sont eux qui rôdent autour de nous, et pas l'inverse, vous ne trouvez pas ? Avec ce post, je défie en secret la vendeuse ou le policier qui me confondrait grâce à cette image, par hasard pour l'une, scrollant à ma recherche pour l'autre. Je rêve presque d'un message du type : « On vous a démasquée ! »

« Je peux sortir du casque ? »

La coiffeuse ne m'entend pas. Ma croix de baptême me brûle dans le cou, mais je ne veux pas l'enlever. Je la glisse entre mes lèvres, j'ai besoin de consolation…

Alice est devenue une reine des planches, elle a de superbes rôles au cinéma aussi. Je l'admire et me désespère à la fois. On cherche à lire sur ses lèvres, même quand elle ne les remue pas. Elle n'a jamais perdu son diadème d'enfant gâtée, quand je cherche… quoi ? Dan ne m'a-t-il pas suffisamment adoubée ? Face à la glace de la loge improvisée, ma frange se bombe, en même temps que les souvenirs remontent.

À l'âge de mes enfants, l'instituteur m'avait donné le rôle de Polichinelle, quand il avait monté sa *commedia dell'arte*. Alice, resplendissante Isabella, avait trouvé le moyen d'être jalouse de mon masque. « Tu as de la chance ! Pour mon rôle, je n'ai pas besoin d'en porter ! »

4

C'est vraiment bruyant ici, une vraie ruche ! Je me sens nerveuse, j'ai envie de quitter cet hôtel, un deux étoiles transformé en caravane de cinéma. Dans la pièce d'à côté, un cracheur de feu répète son rôle à la fenêtre, tandis qu'un ingénieur du son demande le silence complet à partir d'une autre, le temps d'enregistrer un « bruit de pièce vide ». Je ne vais pas me défiler, j'attendrai que tout le monde soit prêt pour me diriger avec les autres sur le lieu du tournage. Il n'y a rien à chaparder, pas même un crayon ou un calepin dans le hall, mais c'est tant mieux ! Parfois, quand je suis en sevrage, je pioche dans les hôtels. Ou quand je voyage avec Dan. C'est comme un édulcorant, des petits vols permis par la direction.

Message de Dan : « On n'a pas encore fait la Patagonie, tu en penses quoi pour cet hiver ? Les enfants sont assez grands maintenant, non ? »

Comme par hasard, Dan ! Au moment où je pense à nos voyages ! Dan, c'est l'homme qui tombe à pic. Celui qui sait que votre avion est retardé avant même que vous n'ayez reçu la notification. Mais… Dan ne me comprend toujours pas ! Je n'aime pas les vacances aventurières, je n'aime pas le voir se déguiser (nous déguiser !) en famille Vieux Campeur, étudier les meilleurs équipements pour s'imaginer Jack London (lui, au moins, savait voler des huîtres). Je me sens manchote sur les routes escarpées, bien plus que sur les escarpins que je m'évertue à porter : nulle part où s'agripper. Surtout, j'ai peur de ne pas m'empêcher de voler pendant tous ces jours ensemble, et qu'il s'en aperçoive. Je nous imagine tous les quatre, contemplant les glaciers d'un parc national, assis sur un plaid de laine écossaise, et l'image me révolte. Toute une solidarité de classe s'élève en moi contre ça, je ne comprends pas les joies d'une virée aussi épuisante que chère. Les récits ou les documentaires sur Netflix, nichés sous la couette du dimanche, ici ou à la campagne, me suffisent amplement. Sont déjà trop.

« Très belle idée, chéri ! On en reparle à ton retour ? Il faut s'y prendre tôt, je pense ! »

Je réponds ce qu'il a envie d'entendre. Je me dépersonnalise à un degré fou, avec lui. Peut-être avec tout le monde. Au moins Alice fait-elle quelque chose de ce don. Chaque année, j'étudie le *persona*, le masque du théâtre romain, avec mes élèves. Moi, il me sert au Printemps. J'ajoute un cœur dans un second message pour Dan. Virgile a eu l'air de voir à travers mon *persona*. Pas Dan, mon mari. Pas encore, et je tremble.

Quand je voyage avec Dan, je lutte pour rester digne dans le couloir de l'hôtel qui nous mène à l'ascenseur, où déjà les chariots des femmes de ménage amoncellent les flacons délaissés, puis dans le hall. J'ai tellement envie de retourner chercher un vase, un verre, un cendrier à glisser dans mon sac à main ! Ce n'est pas évident de trouver un prétexte quand nous défilons, lui et moi, comme de respectables « madame et monsieur » (c'est fou, d'ailleurs, comme Dan aime me désigner par ce terme de « madame » : « Madame prendra la côte de bœuf, Madame a bien aimé le vin que vous lui avez conseillé la dernière fois, pouvez-vous lui servir le même ? » Et aussi, s'adressant à moi : « Madame a-t-elle bien dormi ? Est-elle satisfaite du service ? »). Je finis par dire que je dois aller chercher les échantillons de la salle de bains : « C'est plus écologique, chéri. Ils vont les jeter, et ça peut encore servir ! » Je ne sais pas encore ce que je vais chaparder, quand je dis ça. Selon son humeur, Dan rit, ou bien il hausse les épaules avec mépris en disant : « Remplis-toi la tête d'autre chose, tu veux bien ? Tu te rends compte que tu vas nous retarder pour des bouteilles de poupée ? Intéresse-toi à mes recherches, par exemple, tu verras, c'est épatant ! » Dan, qui semble à peine connaître le nom de mon lycée... Il a raison, je ne suis peut-être qu'un flacon vide. Que ferais-je, sinon, dans cet endroit où tout le monde semble m'avoir oubliée, à attendre le moment de ma drôle de scène ?

Un jour que nous rentrions en voiture de la maison de Tourville, Gad Elmaleh a évoqué un « syndrome du blédard », sur France Inter. Ou quand on ne peut s'empêcher d'embarquer tous les échantillons de l'hôtel, alors qu'on pourrait s'offrir les grands formats. Même mes parents me prennent pour une *bourge*, maintenant. « C'est la bourgeoisie ici ! » dit mon père quand il vient chez nous, se moquant pour cacher sa gêne. « Tes fenêtres, c'est beau comme dans les grands magasins, mais je plains la femme de ménage ! » dit ma mère des grandes vitres du salon. Dan, lui, rêveur, avait passé sa main sur ma jambe : « Le comique, il fait comme toi, ma chérie. » Il avait laissé sa main posée là, au même endroit pendant tout le trajet sur l'autoroute, si bien que mon jean en portait la trace moite à l'arrivée. S'il savait le montant de tous mes trophées d'hôtel, il parlerait plutôt de « syndrome du Qatar » !

« Aïda, c'est vous le rôle de la serveuse ? C'est votre tour, vous me suivez ? Couvrez-vous bien, on est à cinq minutes, il fait très froid dehors !

— Maîtresse d'hôtel, pas serveuse ! »

Dans le couloir, un portant de belle lingerie encombre le passage. La costumière a dû le poser là. En frôlant toute cette dentelle, j'ai envie d'en prendre une, mais je me retiens. Si elles étaient destinées au rôle d'Alice ?

Au temps du *Bonheur des dames*, des médecins étudiaient l'attirance des bourgeoises pour le vol de dessous : intrigués, ils les cuisinaient sur le sujet dans le secret de leurs cabinets, pour remplir des feuillets à propos de leur folie et leur éviter la justice bête. Au moment des faits, avaient-elles leurs règles ? Se trouvaient-elles enceintes ? Surtout, étaient-elles épanouies sexuellement… ? C'était le temps des spectacles, de la foire à l'hystérie, de la Blanche du docteur Charcot. Celui où Mme de Boves, obsédée par les dentelles de Mme Marty qu'elle ne pouvait s'offrir, s'y « frottait » dans les grands magasins. La frustration sexuelle, l'une des grandes clés pour expliquer le rouge qu'elle voulait se mettre aux joues. Étais-je frustrée avec Dan ? Ces histoires de vol de femmes, chez les spécialistes comme dans le roman de Zola, sont en tout cas autant de perles du chapelet que j'égrène, pour tenter de saisir quelque chose à ce qui m'arrive quand je ne peux m'empêcher de voler.

5

Ma scène s'est bien passée, j'étais quand même contente de jouer mon petit rôle. Je l'ai même repris : je me trouvais sur le départ quand la fille qui m'avait guidée jusque-là m'avait rattrapée : « Aïda, revenez, on va refaire la prise avec une robe moins brillante ! »

De retour à l'hôtel, une autre fille, équipée d'un talkie-walkie, vient récupérer les vêtements. « C'est bon, vous pouvez partir ! » me dit-elle d'un ton désinvolte. J'ai envie de lui rétorquer que je suis la grande amie d'Alice, et que je la rejoindrai sûrement plus tard à une soirée avec Basil, mais je ne veux pas paraître plus pathétique encore. Je me glisse à nouveau dans mes escarpins, qui m'attendaient dans un bac. J'en caresse le talon, le cuir, la magie opère, me voilà rehaussée par leur beauté ! Ils viennent du Bon Marché.

Ceux-là, leur rapt m'avait été offert sur un plateau… Je voulais les acheter mais la vendeuse, partie très loin à la recherche d'une relève, m'avait laissée les essayer seule. En tête à tête avec le butin. J'avais abandonné la paire que je portais dans la boîte béante, à regret car je l'aimais beaucoup. Les merveilles n'étaient protégées par aucun antivol, même discret ; c'était honteux, à ce prix-là. J'avais quitté les lieux la tête haute, les jambes interdites de flageoler.

Troublée, j'avais aussi manqué de me faire renverser avant d'atteindre le petit parc en face, à la sortie du métro Sèvres-Babylone. Les brigands se cachaient dans les bois, je perpétuais la tradition comme je le pouvais, cette pensée m'avait fait rire haut et fort. Au point que j'avais inquiété la dame assise en face, occupée à déballer les pulls en cachemire qu'elle sortait un à un du grand sac orange, comme pour voir ce que leur couleur donnait en plein jour. J'avais envie de lui dire que je savais ce qu'elle ressentait, qu'elle les aimait déjà moins, ses petits trésors, maintenant qu'elle les possédait. Je l'aurais bien prise dans mes bras, j'aurais juré qu'on s'était comprises mais, fuyante, elle avait quitté précipitamment son banc. Qu'on l'ait payé ou non, au fond nous nous moquions toutes les deux du contenu de nos cabas. C'était l'extase qu'il nous fallait chaque jour retrouver, coûte que coûte. À moi, payer ne suffisait plus.

« Garde ton maquillage, on ne sait jamais ! » m'écrit Alice, avec un clin d'œil. Je lui envoie une photo, c'est vrai que j'ai une tête de fête, brillante comme une boule de Noël. Ou comme une Libanaise ! Quand je sors, il fait nuit ; les doigts gelés j'appelle Dina-Charbel et mes parents qui n'entendent rien, puis Dan. Charbel me raconte qu'il a joué « aux voleurs » avec ses cousins. Je m'inquiète ; mais non, le pauvre, comment imaginerait-il qu'il fait flamber mes oreilles en me narrant ce moment de sa journée plutôt qu'un autre ? Autant le sermonner ! « Mon chéri, il y a forcément des gendarmes dans le jeu, il faut le dire aussi, comme dans *Le Petit Nicolas*, c'est pas drôle, sinon ! Tu n'as pas joué aux voleurs, tu as joué aux gendarmes et aux voleurs. » Dina, toujours douce, raconte sa journée par le menu, c'est très long à écouter. Il y a un conte libanais, je dois me souvenir… *La Souris et le Voleur* !

J'ai mal aux pieds, Alice ne rappelle pas, je ne pense pas être invitée à la rejoindre ce soir. J'hésite à demander à Dan de venir me chercher. Il me manque, soudain ; et il le ferait. Son côté boy-scout ou gentleman-farmer, agaçant et systématique, que je fais mine de mépriser, me sauve souvent la mise. Car Dan, comment le résumer ? Dan, c'est l'homme qui m'avait bluffée avec le titre de sa thèse lorsque nous étions sortis ensemble pour la première fois, encore étudiants : « Rôle de l'apoptose dans la mort cellulaire suivant l'ischémie cérébrale focale chez la souris » (j'essayais de convoquer mon grec ancien pour tenter de le bluffer à mon tour avec ma connaissance du mot « apoptose », mais en vain : je tenais « apo », qui marquait l'idée de s'éloigner, mais j'ai mis quelques années à tomber sur le reste). Enfin, moins charmant pour moi : Dan, c'est celui qui, fièrement reçu jeune docteur avec les félicitations du jury, me claironnait au volant de sa Ford décapotable (payée par ses parents) que je serais la petite prof tandis qu'il parcourrait le monde et que, comme ça, nous formerions un équilibre. Je venais aussi de soutenir ma thèse, et il ne plaisantait pas.

Avant de me décider à appeler Dan, j'appelle quand même Alice, pour être sûre. Je déteste quand elle me raccroche au nez à la première sonnerie, ça fait un peu « si t'étais plus importante, je répondrais ». Ce soir elle répond, on met la caméra, je lui montre le brushing que j'ai gardé. Elle m'envoie des photos d'elle en tenue de soirée prises la veille, contre un mur publicitaire vantant une marque de champagne. Elle replace une mèche, je l'imite, on rit. Je pardonne tout, elle a réussi à être vraiment actrice, elle. Son succès la réchauffe, elle peut porter un décolleté plongeant dans la neige, pourvu qu'on la filme ou qu'on l'admire, elle irradie de chaleur. Comme je l'aime ! Moi je gèle dans les couloirs de mon lycée, je gèle chez moi. Il n'y a que dans les bras de Dina-Charbel, quand ils m'étouffent d'amour en se jetant ensemble à mon cou, que je ne gèle pas. Ou sous les lumières artificielles des grands magasins, où le rêve est soudain à portée de main.

« Je te présenterai Basil une autre fois, ce soir on fera juste un restaurant avec deux-trois personnes, il repart tôt demain ! Et avec Dan, ça va comment ? »

De toute façon, je crois que j'avais la flemme de sortir tard, et de cuver une gueule de bois sous les néons de ma salle de classe demain. Je raconte tous mes mouvements de cœur à Alice, quand Dan m'agace, m'ennuie ou me touche. De son côté, elle envie mon mariage, qui dure. Il y a des jours où je crois ne plus aimer Dan et une étincelle revient, miraculeuse. Est-ce comme ça pour tous les couples ? On aimerait parfois entrer chez les autres pour comprendre ce qu'ils supportent vraiment, et comment ils font semblant – ou pas – d'être suffisamment heureux pour continuer ainsi. « C'est particulier en ce moment avec Dan, ses bras ne me retiennent pas assez, mais ils ne me glacent pas. Un couple ordinaire ? » Alice acquiesce, et conclut comme souvent : « L'herbe n'est pas plus verte ailleurs. » Elle m'envoie la photo d'un livre. « Regarde la tête de la maman sur la photo : Diane pense que c'est un mélange de nos deux visages, et que c'est très troublant… »

La fille d'Alice a toujours l'air grave et distraite, et sa mère répète quand elle l'exhibe : « Je ne sais pas ce qu'elle a, elle est née comme ça, tu peux sourire un peu, Diane ? Rester un peu parmi nous, pour une fois ? » C'est un livre de poche, Amos Oz, *Une histoire d'amour et de ténèbres*. La femme photographiée entre son mari et son fils arbore un sourire qui pourrait être le mien, mais où donc Diane y a-t-elle retrouvé quelque chose de sa mère ? Pourtant, je prends cette enfant très au sérieux, sa gravité me parle ; si elle a dit, c'est que c'est vrai. C'est plutôt Diane qui me ressemble, par l'un de ces étranges tours de magie de la vie (ou de la nature).

Je prends un double appel, Alice se vexe. Une jeune comédienne rencontrée sur le tournage, du côté des figurantes elle aussi, me propose une soirée chez elle. Pourquoi pas ? Je laisse mon amie en plan, un peu jalouse de l'étrangère qui va m'accaparer, et j'appelle Dan pour le prévenir que je rentre tard. Je suis libre, libre ! Un petit tour à la Samaritaine d'abord ? Comme j'aime les grands magasins ! Je traque jusque dans les escaliers le fantôme du vendeur de rue qui, installé avec sa marchandise dans une corbeille du Pont-Neuf, a rêvé assez grand pour monter cet empire, et ça me replonge dans les gravures des manuels d'histoire, rayon XIXe siècle.

6

Crochet par le faubourg Saint-Honoré, le sol vacille sous mes pas, je sens que je suis en manque, j'ai peur de moi-même. Je tangue vers les boutiques, mes ailes repliées, retenue de force contre le vent du large qui m'appelle. *Prends bien la mer, et prends bien les flots, hisse et ho…* Où avais-je appris cet air ? J'essaie de piquer du nez vers le sol, m'agripper à la terre ferme. Une autre musique remplace la mélodie des marins dans ma tête, grinçante celle-là, des sonneries de portiques m'assaillent de toutes parts, créées de toutes pièces par mon imaginaire volatile. Elles veulent m'empêcher d'agir, en passant par une nouvelle fréquence acoustique. Il y a aussi la chanson apprise à la chorale : *J'ai pas tué, j'ai pas volé, mais j'ai pas cru ma mère…* Elle vient à mon secours. C'est la petite voleuse qui est en péril, dans les histoires. *Un jour les soldats du roi t'emmèneront aux galères.* Les artistes le savent mieux que les autres.

La tête me tourne, malgré le froid je transpire à présent, je me rattrape à un réverbère, me bouche fort les oreilles, toujours agrippée d'une main. Un beau labrador marron s'arrête à mes pieds, ses yeux sont doux, ils ont l'air de m'encourager et je me reprends enfin assez pour poursuivre ma route sans attirer les regards. Je lui parle, je dis : « Tu sais quoi, Newton ? (Je me dis que j'ai moins de chance de me tromper en l'appelant comme ça.) Je suis Mme Zadkine, mère de Dina-Charbel. Je ne suis pas pathétique, ni même tragique, lyrique ou comique. Je suis digne, *dignus*, debout ! Je ne volerai pas, je vais résister au vol, il le faut, tu m'entends ? Tu es d'accord avec ça ? Tu es un chien qui vient d'une histoire pour enfants ? Bon chien, va ! » Il me suit encore un peu, avant d'aller retrouver son maître. Je crois un instant que c'est Virgile, emmitouflé dans une écharpe et vêtu d'un long manteau ébène qui ressemble à celui de Dan.

Il pleut ! Pour ne pas ruiner laque et fards, je me réfugie chez Moncler. Un bonnet m'attire, fort bien gardé. Avec ça, j'aurais bien chaud. Mes sens sont de nouveau en ébullition, je dois l'attraper comme le fromage de la fable, le rouler en pelote dans mon sac. Il me le faut, pour colmater le manque, me gratifier d'avoir résisté à tellement de tentations. Le petit carré de chocolat qui récompense tout un régime. *Folle, Aïda, tu es, ou tu le deviens. Tu t'imagines faire le casse du siècle en brushing Dalida ? Et que sais-tu des risques encourus dans ce magasin, si tu es prise la main dans le sac ? L'arrivée en fanfare des gardes suisses, peut-être ?* Cette pensée me fait rire, mais je me reprends : *Ne te détends pas trop, c'est la porte ouverte à l'euphorie, et l'euphorie te fera jouer.* Je traverse les rayons l'âme en peine, je vois çà et là des « opportunités ». Je résiste. C'est donc avec le menton levé très haut pour la seconde fois de la journée que je reçois mon « Bonne soirée, madame ». Paris s'apaise, les rideaux tombent et me libèrent enfin. À moi les cacahuètes et les chips !

7

Je m'en étais très bien sortie avec Virgile, au Printemps. Hélas, car bien m'en sortir m'encourage à relancer les dés tôt ou tard. C'est bon, et c'est pas bon.

Le directeur avait fini par descendre : « Vous ! Je vous ai déjà vue quelque part, mais où ? » Virgile avait haussé les épaules : « Elles reviennent toujours sur les lieux du crime, patron ! Vous n'allez donc jamais au cinéma ? » Le directeur n'était pas du tout en colère, le magasin avait sans doute fait salle comble, dépassé ses attentes les plus folles pour un jour de semaine… Je devenais donc une sorte de distraction avec mes trois bracelets de chez Fred aux poignets, que je tentais de dissimuler sous mes manches en jean. Je ne les quittais jamais. C'était un cadeau de sortie de maternité de Dan, déposé dans le vide-poche de l'entrée, accompagné d'une carte : « À mes trois amours ». Ils brillaient tant que je leur prêtais le pouvoir d'illuminer les nuits de fatigue que je m'apprêtais à surmonter. « Une fatigue sans nom », m'avait avertie Alice. Bracelets, bracelets magiques…

« Patron » avait donc semblé songeur, puis il s'était repris : « Oh, pardon, j'ai demandé à ce monsieur de vous retenir, parce qu'à la vidéo (vous comprenez, j'aime bien de temps en temps passer au poste de contrôle observer mes clientes, c'est très, comment dire ? instructif !)… Bien, je disais donc ? Ah oui, voilà : je vous regardais, et il m'a semblé que vous n'étiez pas tout à fait dans le rôle, j'avais envie de faire connaissance avec vous, simple curiosité, vous voulez bien ? J'espère ne pas vous avoir trop retardée dans votre soirée ? »

Pas plus que Virgile, je ne savais que penser du tour que prenaient les choses ; je me contentais d'afficher un sourire d'enfant surprise avec de la confiture sur les doigts.

« De toute façon, ce sac aurait dû être attaché par un cordon sécurisé, avait continué le directeur en retirant les boutons de manchettes de sa chemise pour les ranger dans sa poche. J'assume les erreurs du magasin, et ce vilain cabas qui vous a fait des misères à vous tenter comme un diable est toujours parmi nous, nous sommes quittes, n'est-ce pas ? Du moins, à la condition que vous m'aidiez à trouver... Où donc ai-je bien pu vous croiser ? La vérité c'est que vous me dites quelque chose et qu'à ce jeu-là, je suis très mauvais perdant ! Virgile, vous seriez mignon, montez nous chercher des macarons et du champagne à l'étage, voulez-vous ? Je vois que vous n'avez servi qu'un misérable thé à la dame, je vous avais pourtant bien dit de vous occuper d'elle en invitée ! » Il avait tempéré son ton péremptoire d'un clin d'œil en direction de son employé.

Le vigile, agacé, avait obtempéré. À son air, je comprenais que son métier était continuellement dévalorisé par des gens comme le directeur et moi, mais que voyait-il en nous ? Des clowns ? Des vauriens ? Des Parisiens ? L'instant d'avant, il recherchait, mécontent, l'horaire des prochains trains pour Gif-sur-Yvette. Plus le temps passait, plus ils se faisaient rares dans cette direction, vous pensez bien.

« À nous deux, maintenant ! »

Le directeur, qui tenait de la réincarnation de l'Octave Mouret du *Bonheur des dames*, lui-même mélange de trois patrons de grands magasins d'antan, Aristide Boucicaut,

Auguste Hériot et Alfred Chauchard, respectivement au sommet du Bon Marché et des Grands Magasins du Louvre, m'avait fait dérouler mon curriculum vitæ, mes voyages, le nom de mes amours, les soirées que je fréquentais… Nous n'avions rien trouvé, mais qu'est-ce que nous avions bu et ri jusqu'à une heure avancée de la nuit, dans ce sous-sol mal éclairé. Alice aurait trouvé cet homme séduisant, avec son costume taillé sur mesure et sa pochette délicate, ses mèches blondies au soleil d'hiver, et ses mocassins doux. Un air plus « galeriste » que « Nouvelles Galeries », par-dessus le marché… Mais moi, non, ses mèches d'or ne passaient pas, il pourrait toujours jouer au roi avec d'autres dans cet univers de désir. Avant de partir, Virgile nous avait salués, le sac à la main, pour le replacer en rayon. Il le tenait du bout des doigts comme s'il était sale, ou pour ne pas le salir. J'ai eu honte, j'ai proposé de l'acheter pour me faire pardonner, mais Virgile, presque furieux, m'a expliqué que c'était impossible à cette heure-ci. Heureusement, car j'étais déjà très à découvert, ma carte ne serait pas passée. Dan est très généreux, mais je n'ai jamais voulu faire compte commun avec lui, peut-être en prévision de ce genre d'incidents – ou des moments où je pose sur la table des produits chers qui n'apparaissent sur aucun relevé. J'en avais assez donné dans ma vie, des « On me l'a offert, Je l'ai trouvé, Il y avait une énorme promotion, J'ai reçu des cadeaux pour mon apparition dans le film de… » Je ne serai jamais la « petite prof » des rêves de Dan, je ferai briller le quotidien tant que je pourrai, et autrement qu'en permutant les luminaires. « Petite prof », j'accepte juste ce rôle quand je dois l'accompagner à un gala pharmaceutique, parce que je m'ennuie et que ça m'arrange au moment des conversations « molécules ».

« Aïda, mais qu'est-ce que vous m'avez fait rire ! Vous auriez fait une excellente comédienne, revenez nous voir quand vous voulez ! Promis ? Je vous laisse mon numéro ! Je peux prendre aussi le vôtre ? Aïda, c'est si beau, ça vous fait quoi de porter le nom d'un opéra ?

— Mon numéro, Virgile l'a déjà pris ! »

C'est sorti comme ça, je l'ai appelé par son prénom. On aurait dit que j'évoquais un homme avec qui j'avais sympathisé à une soirée... Et je n'avais rien inventé en parlant à ce vigile. Pour son rapport d'incident, j'avais donné mes véritables coordonnées, tendu ma pièce d'identité. Il avait recopié mon prénom en entier. Adélaïde.

J'allais sans doute revenir, mais pour parler à Virgile ; il y avait quelque chose de très estimable en lui, et la honte ne me quittait pas quand j'y songeais. Quand le directeur et moi avions traversé le magasin vers la sortie, tout était si calme et sombre, les objets semblaient irréels sur les étals, je lui avais soudain pris le bras, régnant à ses côtés sur ce monde éteint. Une petite musique s'échappait d'un poste de radio posé au sol, qui me ramena au dernier film muet de Charlot, *Les Temps modernes*. La scène où, gardien de nuit dans un grand magasin, il y introduit Paulette Goddard, la « gamine ».

J'ai fini par voir le directeur avec les yeux d'Alice (de la même façon qu'il m'arrive d'emprunter l'œil implacable de Dan). Je l'ai trouvé beau dans la rue, les allées du Printemps avaient œuvré au rapprochement de nos pas. Nous avons fait deux ou trois bêtises dans sa voiture, garée sur le trottoir. J'avais besoin d'aller jusqu'au bout de ma confusion, pour parvenir à me repentir. Il ne bluffait pas, il m'avait bien déjà vue quelque part, mais je n'allais pas, en plus, lui faire le plaisir de lui rappeler où. Armand... C'était déjà assez humiliant de l'entendre reprendre, pour la seconde fois : « Aïda, c'est si beau, ça vous fait quoi de porter le nom d'un opéra ? »

8

Rien, ça ne me fait rien. Aïda, pour Adélaïde, c'est pratique. En arabe, il signifie « récompense ». Mais je ne suis pas totalement arabe, je suis libanaise, maronite, je vous l'ai déjà dit. Crème de marrons, si vous voulez ! C'est à l'école que j'ai appris, pour l'opéra. Je dois dire qu'on ne m'y a guère lâchée, avec ça. Une ivresse générale : « Elle est des nôtres, elle a sa culture comme les autres ! »

Enfant, je vivais à égale distance entre deux Prisunic, devenus par la suite des Monoprix. C'est là que je me suis piquée, pour la première fois ; que j'ai connu ce premier shoot du vol de jour. Le guet, l'objet dans la poche, la montée, la tête qui tourne, les jambes qui tremblent, le frisson, la toute-puissance, les étoiles, la peur, la porte de sortie, la rue, la descente, la honte, le dégoût, le déni. La misère de la prise quand elle est déballée. L'indignité, le rabaissement par l'objet si menu. Aujourd'hui, je peux vivre partout, du moment qu'il y a un Monoprix à proximité. Une salle de shoot en bas de la maison, pour les moments où la vraie came, celle qui coûte un bras, est inaccessible ou lointaine.

L'été de sa thèse, quand Dan m'avait proposé d'habiter avec lui l'ancien appartement de sa tante dans le 16e arrondissement, j'ai été très heureuse : je passe sur les cent soixante-dix mètres carrés et tous les recoins où cacher le fruit de mes filets, ma joie demeurait surtout dans l'adresse. Vous comprenez, je connaissais déjà l'endroit et je savais qu'il y avait non pas un, mais deux Monoprix à portée de main. Le premier se trouvait près de la maison, taillé pour moi jusqu'à son doux nom de « Monoprix Jasmin ». Et l'autre, le « Monoprix Mozart ». Je lui laissais croire que *madame était ravie car madame s'embourgeoisait encore* mais, pour avoir fréquenté l'IUFM du coin, je connaissais très bien le quartier et ses « richesses ». Je pouvais aller à pied de l'un à l'autre, passer de Jasmin à Mozart ou de Mozart à Jasmin, au gré du vent... Le même accord que dans mon enfance à Saint-Germain-en-Laye, c'était inespéré !

Petite, j'étais contente de tout. Nous étions des « réfugiés de guerre », c'était héroïque, pour nos voisins. Chez nous, il faisait toujours chaud en hiver. Il y avait un beau poêle en fonte récupéré par un copain de mon père sur un chantier, pièce centrale de notre chaumière. Il fonctionnait au charbon et nous faisait rêver. J'y ai pratiquement déchiffré mes premiers mots : « Godin Sté du Familistère de Guise ». Je butais sur le « Sté ».

Le samedi soir, mon père, heureux comme un nabab, nous installait ma sœur et moi, « les filles Tameh », avec les courses, à l'arrière de la belle camionnette de livraison en tôle ondulée. Celle de son patron. Dans le plus beau des carrosses, assises sur des rouleaux de tissu qui nous balançaient pour rire, nous rêvions à des vies de princesses.

Quelques années plus tard, le poêle a disparu de la maison et j'ai commencé à employer les verbes *trouver* et *prendre*, pour dire *voler*. Quand j'ai obtenu ma bourse, surtout, *prendre* me dédouanait. Par exemple, je pouvais dire sans tout à fait mentir : « Maman, j'ai *pris* ça pour ce soir à côté de la fac. »

Pour *trouver*, c'était aussi simple, ma mère avait pris l'habitude de l'entendre bien avant. Dans notre quartier de Saint-Germain-en-Laye, les gens jetaient parfois de si belles choses que presque tout semblait crédible. Ma sœur Ritta et moi partions en expédition à travers la ville, à la recherche des poubelles aux trésors. Ma mère n'aimait pas trop ça, mais mon père, lui, ça l'amusait : « Ah, mes filles, quelle chance ! » Il me regardait plus intensément en prononçant ces paroles.

9

« Maman, tu veux que je te montre comment on éteint les bougies sans souffler ?

— Oui, Charbel, montre-moi… »

C'est déjà de nouveau leur anniversaire. Je ne dis pas à mon fils de faire attention à ne pas se brûler. Je sais qu'il le sait. Par quel miracle ? Mes enfants sont moins enclins à la transgression que moi. Parce que c'est un garçon, j'ai plus peur pour lui que pour Dina : je sais aussi qu'il serait davantage puni. « Laisse pas traîner ton fils, si tu veux pas qu'il glisse, qu'il te ramène du vice. » J'écoute aussi bien NTM que Fayrouz.

En sortant de chez son psy, la dernière fois, Charbel s'est effondré : « Maman, j'ai ramassé un bras de bonhomme que j'ai trouvé par terre chez le docteur, tu crois que c'est du vol ? Je vais aller en enfer ? » Qui donc, par-dessus le marché, lui a mis cette idée de l'enfer dans la tête ? Même ma mère en a oublié le concept. Elle qui nous a tant répété, au réveil : « *Aghsal wajh alshaytan* », en nous tendant un gant humide. Il fallait enlever toutes les traces du diable qui nous avait imprégnées la nuit, ôter sa figure de notre visage. Ce diable qui s'éloignait avec la propreté (mais se rapprochait si nous étions parfumées…). Ma sœur ?

Charbel agite ses mains de loin, crée un courant d'air, fait vaciller la flamme et l'éteint sans s'approcher. Je le complimente. « Bravo, tu es aussi agile de tes mains que maman ! » Que n'avais-je pas dit ! Et s'il héritait quand même de mon *vice* ? Je souffle d'un coup les autres bougies pour qu'elles ne se consument pas trop vite ; je dois les rallumer pour Dina, et encore ce soir, tous ensemble avec Dan. J'ai soudain très peur, j'ai l'impression d'avoir prononcé une malédiction. Dans les contes orientaux, ces petites phrases se propagent comme un philtre le long de l'histoire. Et si lui, ce faisant, ne se contentait pas de vol à l'étalage ? Des criminologues avaient parlé d'hérédité, de déterminisme... Après la crainte d'être découverte par Dan, c'est vraiment ma plus grande hantise.

« Maman, tu as une ombre dans les yeux ! »

Je tends le gâteau à Dina, rallume les bougies.

« À toi, maintenant ! »

Depuis qu'elle sait qu'elle est née la deuxième, elle tient à souffler après son frère, pour marquer le coup. Je m'inquiète moins pour Dina, pas seulement parce que c'est une fille... Finalement, celle de Mme de Boves, Blanche, devient une complice tendre de sa mère, effrayée et fidèle ! Mais Dina est le portrait craché de ma sœur Ritta. La douce, la gentille. La bigote !

J'ai essayé d'arrêter de voler quand les jumeaux sont nés. Il n'y a jamais une raison unique à mes vols, alors que pouvais-je répondre à Virgile ? J'ai volé parce que j'étais pauvre, j'ai volé parce que j'étais *riche*. J'ai volé par mal-être, dégoût, comme j'ai volé dans la joie, ou l'euphorie qui mêlait les deux. J'ai volé parce que c'était trop facile, j'ai volé parce que ça ne l'était pas. J'ai volé pour la beauté du geste, j'ai volé par jeu, par ennui, par défi. J'ai volé par frustration, dépression, dédoublement, extase. J'ai volé parce que ma mère, parce que mon père… J'ai volé par manque d'estime de moi, pour me remplir. J'ai volé parce que je me suis crue invincible. J'ai volé comme tout le monde. J'ai volé pour ne pas me sentir transparente. J'ai volé pour exister. J'ai volé pour faire des bêtises.

J'étais enfermée avec mes bébés, que personne ne protégerait de moi, parce que je vivais en huis clos avec eux et que nul ne venait nous voir durant la journée. Les appels de Dan, de mes parents, de Ritta ou d'Alice, quand je parvenais à y répondre, ne suffisaient pas. Quand j'y pense, j'ai eu peur que Charbel ne se mette à voler si tôt que c'en était absurde ! Je le guettais dès la crèche – pourvu qu'il ne rentre pas avec des jouets ne lui appartenant pas plein les poches, marquant le début d'une vie de déboires… Même une tétine ! *Qui vole un œuf vole un bœuf* ; mais est-ce si vrai ? Je ne suis pas allée plus loin que le dernier étage du Printemps (ou son sous-sol). J'ai sans doute manqué de kérosène. L'ennui, c'est que Charbel, il l'avait aussi, cette ombre dans les yeux, dès le premier jour, quand il les a levés vers moi.

Quand je me laissais aller, les clichés du fils qui déraille débarquaient par milliers, mêlés à des souvenirs de fiches de fac sur la « fêlure héréditaire » chère à Zola.

Les Arabes, c'est des voleurs ; quand avais-je entendu ça pour la première fois ? Peut-être par mon père racontant un problème au travail… Charbel, pourtant de mère libanaise, aurait droit à la même matraque s'il s'y mettait. Avec ses traits, la police écrirait « type maghrébin » sur sa fiche, c'était plié. Le Liban lui-même n'est-il pas présenté comme un « pays à visage arabe » dans sa Constitution ? Je me projetais en Charbel et je ne l'imaginais jamais tout à fait dans une vie sage, contrairement à Dina qui passerait d'une maison de poupée à l'autre. Ou je les convoquais, ces cauchemars, Charbel Zadkine adolescent, vol de scooter, convocation des parents et que sais-je, alors que je remontais l'avenue avec la poussette double, et que les commerçants, reconnaissants de toutes nos dépenses, nous saluaient un à un ; que les grands-mères freinaient ma route (mais pas mes frayeurs) en s'exclamant : « Comme ils sont beaux, ils sont jumeaux ? », « Le garçon est né en premier ? C'est donc le choix du roi ! »

Charbel levait gaiement ses menottes, ravi de ce bain de foule en poussette, tandis que Dina détournait le regard, les doigts serrés sur son doudou brandi comme un crucifix. Moi, crispée, fébrile, je tentais de me concentrer, de repousser la vision de mon fils plus tard délinquant, errant, à l'affût… Son père était parfait, tout serait donc de ma faute, à cause de ma mauvaise manie. Dan, ce beau roux, la loi incarnée, la stabilité bienséante. Je suis amoureuse de Dan, mais de façon mi-raisonnable mi-folle. Et je crois que c'est réciproque… Qu'il se fourvoie en me réduisant à sa « petite prof » enchantée, avec toute la docilité sociale que ça implique, peu m'importe certains jours. Au moins il dort tranquille et je le rends heureux. Enfin, j'imagine.

« Vous savez, mes chéris, quand j'avais votre âge, je me mettais sur le petit balcon taillé dans le toit de notre immeuble, il était minuscule, vous n'auriez pas pu vous allonger dessus sans plier les jambes, mais il nous paraissait immense, à Tatie et moi, parce qu'il veillait sur toute la ville… Et je jouais à éteindre les réverbères de la rue avec les mains, comme tu le fais toi avec les bougies !

— Et ça marchait ?

— Oui ! Je fermais les yeux et je me disais qu'il faisait tout noir, ça marchait. Puis je retournais sur mon matelas comme ça, les bras en avant, en réveillant ma sœur qui dormait en bas du lit superposé. Elle me croyait somnambule alors que je jouais la comédie. Ma mère, occupée par ses larmes de la nuit, n'a jamais rien remarqué et n'a pas condamné l'accès à la fenêtre. Je portais toujours de larges pyjamas qu'elle me taillait dans de vieux draps fleuris, ou de beaux tissus rapportés par mon père. Je devais avoir l'air d'une apparition, là-haut...

— C'est quoi des larmes de la nuit, maman ? »

Dina veut répondre à son frère à ma place, mais je l'interromps d'un baiser. J'ai soulevé un sujet de grands, c'est à moi de le remettre à sa place dans la maison de poupée.

« C'est quand on pleure à l'heure où tout le monde dort, parce qu'on se sent l'ombre de nous-mêmes, mais qu'on ne veut pas que les autres s'inquiètent ou aient de la peine pour nous, ou bien qu'ils ne sachent pas quoi faire. Parfois ces larmes soulagent ou redonnent espoir, à la fin. Ça arrive aussi quand on vit avec quelqu'un de méchant, ou qui ne comprend rien à qui on est. Quelqu'un qui fera redoubler les larmes, on n'a pas envie de le réveiller.

— Ça t'arrive aussi ?

— Non, maman pleure jamais, papa et nous on la protège ! »

Je laisse les enfants jouer avec les bougies de leur gâteau. Comme toutes les mères, je pense « c'est fou, sept ans déjà, le temps vole ! », mais au fond ça me ravit, toujours ça de pris. J'ai détesté ce que nous avons vécu quand ils étaient petits ; les bougies nous en éloignent. Pourtant, j'ai eu du mal à les avoir. J'ai même souvent cru qu'ils n'arriveraient jamais. Et que Dan finirait par me quitter pour ça. Toutes ces années où mon ventre était vide, je collectionnais peluches et layette. Parfois j'achetais un petit pull, ou j'en confectionnais un. Je m'étais inscrite à un atelier de tricot, regrettant d'avoir refusé d'apprendre avec ma mère, à qui je racontais que ça me donnait mal à la tête. Dans un moment psychotique, j'avais même embarqué une poussette vide dans la rue. Une poussette rose garée devant chez Bonton, avec un biberon encore chaud dedans.

« Maman, tu peux me rallumer les bougies ? Je veux recommencer mon tour de magie !

— Non, Charbel, il ne faut pas les consumer complètement, je vais ranger le gâteau au frais, on attendra papa. »

J'avais caché la poussette sous le lit. Quand Dan l'avait découverte, penché à la recherche d'un crayon, il avait été furieux. Trop puriste pour supporter qu'un tel objet traîne, il n'avait pas pensé à l'un de ces désespoirs de femme qui en ont mené certaines au vol d'enfant. Pour moi, c'était déjà un ventre rond, cette poussette, une amulette à garder sous l'oreiller pour nous porter chance. Je n'aurais pas pu la planquer à la cave !

« Maman vous aime, si vous saviez à quel point ! Je ne sais pas ce que je serais devenue si vous n'étiez pas nés ! »

Au siècle de Zola, les aliénistes ont remarqué que des bourgeoises enceintes se mettaient à voler des aliments et des objets pour bébé qu'elles auraient pu s'offrir, comme par crainte « hormonale » de manquer à l'avenir… Moi, Aïda, *même pas enceinte*, je n'annonçais rien de bon. J'avais menti à Dan : « C'est Alice qui me l'a donnée, c'était celle de Diane, tu te souviens ? Quand on allait au bois de Boulogne et que tu courais pendant qu'on la promenait toutes les deux ? » Il avait haussé les épaules, sans chercher à en savoir plus. Dan se souvenait que celle de Diane était noire ; à qui croyais-je m'adresser ?

À ce moment-là, Dan devait être aussi accablé que moi par les échecs des FIV. Nous avions le meilleur spécialiste, il ne comprenait pas que ça ne marche pas. Pour la première fois, il exprimait sa peine avec sa colère : lui qui n'aime pas le scandale, il avait descendu la poussette pour la jeter avec fracas à la poubelle. Hors de moi, je lui avais crié, vitraux de l'entrée grands ouverts sur la cour : « Et toi qui continues à travailler la nuit, ce n'est pas ça qui va te rendre plus fertile ! » Pourtant, j'avais été soulagée par son geste, qui avait montré que lui aussi pouvait débloquer. J'étais surtout apaisée à cause de la disparition de la poussette rose, dont je sentais qu'elle m'avait emportée trop loin du monde *normal.* J'étais descendue dans la nuit la sortir de la benne pour la déposer dehors, à quelques pâtés de maisons, afin que quelqu'un la récupère. Là, les larmes de la nuit étaient heureuses, et avec Dan, on s'aimait fort. Plus tard, il m'avait offert un appareil photo pour photographier les objets que je trouvais, au lieu de les ramasser. « Un appareil *de* photo », comme dirait le Petit Nicolas.

« Maman, viens voir, il y a Alice à la télé ! »

Oui, c'était bien elle ; j'en oublie de me demander qui a bien pu laisser la télé branchée sur cette chaîne, et pourquoi Dina-Charbel ont déballé là leurs cartables. Peut-être la femme de ménage, qui trouve que ça lui fait de la compagnie en fond sonore, a-t-elle oublié de l'éteindre. Dans le reportage, on suit la séance d'essayage d'Alice pour son prochain rôle. Ça se passe dans une suite d'hôtel, elle disparaît un instant de l'image, le temps d'un gros plan sur la porcelaine fine du service à thé, puis reparaît soudain, flamboyante. On la voit tourner sur elle-même devant la glace, poursuivie par l'assistante.

Alice se reflète sur la pochette transparente du cartable de Dina, remplie d'une neige blanche. Ma fille y a déversé le contenu d'un tas de petits sachets de sucre de la cantine. Un vertige me saisit. Dina, se pourrait-il que la malédiction tombe sur toi ? Un jour, elle avait bien fait dire à sa poupée : « Maman, elle a volé… »

10

Le matin, je m'admire longuement dans le grand miroir de l'immeuble, éclairée par les spots du hall. Je descends exprès avant Dina-Charbel, pour les presser. Ils prennent l'ascenseur tout seuls ; même si Charbel a peur, c'est toujours moins effrayant que le silence des paliers. Les grilles de fer grincent, la machine est vieille de plus d'un siècle. Le premier ascenseur électrique date de la gestation d'*Au bonheur des dames* ; peut-être que Zola est allé l'admirer à l'Exposition universelle ?

Dina-Charbel s'assoient sur le strapontin restauré par Dan sous les applaudissements des douairières des étages supérieurs, pour vérifier leur cartable une dernière fois, cacher une peluche ou des petits jouets, mettre des gants, se moucher... Pendant ce temps, je joue à « Combien je vaux aujourd'hui », ce qui consiste à calculer le montant des vêtements et accessoires volés que je porte (ne sifflez pas si vous me croisez, parfois j'ai acheté tout ce que j'ai sur moi !). Ou trouvés, car j'ai recommencé à faire discrètement les poubelles, ce qui est délicat quand les jumeaux m'accompagnent. Je leur demande de garder le secret. Charbel applaudit à mes trouvailles, mais Dina a honte. Elle pense comme sa grand-mère que c'est « sale », elle a peur qu'un camarade me surprenne en train de ramasser un pull par terre. Dan est son modèle, et elle sait que Dan aurait honte aussi. En plus, dans ce quartier vieillissant, les jouets ne jonchent pas les caniveaux. Je vous garantis qu'elle serait redevenue fissa une enfant issue du tiers-monde, elle aussi, si un poisson appétissant luisait de temps en temps par ici.

Alors, voyons voir, ce dernier vendredi du mois, nous en avons pour... Chemisier du Bon Marché : trois cent cinquante euros. Jean Monoprix : trente-deux euros. Stylo bic de chez Merci dans mon sac : treize euros. Bracelets coincés entre mes « Fred », saisis direct aux Galeries : six cents euros les six. Dans ce rituel où plus c'est cher, plus je suis fière, face à mon reflet, j'oublie la culpabilité et le désarroi. Je perds la notion d'addiction douteuse pour me hisser dans un univers merveilleux.

Certains jours, ma tournée est particulièrement juteuse : je ne sais comment ça me prend, je cours vers le métro au lieu de me rendre au lycée où je me fais porter pâle, et à moi les belles vitrines, quand tout le monde trime ! Je ne me dis pas en y allant que je vais voler, mais que je vais admirer des choses qui font rêver. Hélas, les chatouilles montent vite...

Je continue l'inventaire, pour me redresser le dos. Manteau Maje vermeil : trouvé, doublure refaite par Rada. Bottes camarguaises fabriquées à la main, trouvées aussi, posées sur une caisse à côté de la boulangerie. Sac à main chiné, un dixième de son prix au moins. Écharpe de grosse laine noire, marque américaine, trouvée également, posée sur le rebord d'un banc. Je ne connaissais pas. En tapant une recherche image sur le modèle, je suis tombée sur la même portée par Meghan Markle. Même si les tabloïds rappellent que les robes de ce membre indésirable de *the Royal Family* coûtent parfois moins de cent euros, ça me flatte. Mais cette écharpe-là m'avait coûté beaucoup, moralement. Une femme m'avait insultée à travers la vitre de sa Mini : « Vous n'avez pas honte ? Vous auriez pu la laisser pour un clochard ! »

Y avais-je seulement pensé ? Un clochard l'aurait-il vraiment prise, si tant est qu'un clochard soit passé par là ? Volais-je là encore le bien d'autrui en *ramassant* ? Et elle, que savait-elle de moi et de mon histoire ? Mes parents n'étaient-ils pas passés par la case de la guerre et de la misère ? Était-ce une excuse suffisante, et avais-je besoin d'une excuse ? Pourquoi n'ai-je pas eu la force de lui retourner : « Mais de quoi je me mêle ? » ou « Pour qui vous prenez-vous ? »

« Maman, dépêche-toi, tu aurais pu ouvrir la porte, au moins ! »

Charbel se venge aujourd'hui, il me presse à son tour, m'extirpe de mes pensées. Je me jette un dernier regard satisfait : je porte l'équivalent de plus d'un SMIC de vêtements et accessoires gratuits, une véritable armada, la journée va être divine. Et je ne compte pas les crèmes et le maquillage, je suis un peu perdue dans les additions et un fond de morale m'empêche de demander à mon fils de m'aider, sur ce coup-là, lui qui est déjà si fort en calcul. Définitivement, je ne me sens pas de nature *petits vols en famille*… Mais enfin, mazette ! Qui aurait dit un jour que la fille Tameh… Je fais cliqueter les « Fred » une dernière fois en me recoiffant, joyeuse de les sentir peser dans ma chevelure. Le matin, tout va souvent bien, et le sourire de Dina-Charbel me dédouane amplement.

« Remettez bien vos gants, mes chéris, ils pendent, vous allez encore les perdre, ça ne tombe pas du ciel, tout ça ! »

Soudain, ça me démange, à nouveau crise de manque à l'horizon. Les enfants ont des gants, mais j'ai perdu une main de ma dernière paire. Il faut que je m'en procure d'aussi beaux. C'est décidé, Dina et Charbel déposés, j'irai en repérage ! L'ordre et l'harmonie à portée de main m'apaisent, mes nerfs se relâchent face à un beau rayon de magasin où tout se tient à sa place, comme un petit soldat. Je respire loin enfin, débarrassée des gants collants des marmots ; cette façon qu'ils ont de transformer le cachemire en eau de cuisson des spaghettis, très peu pour moi aujourd'hui. J'ai envie de fouler un sol clair, de toucher de belles matières, de me costumer, de mener à moi toutes les lumières, de me dévêtir dans le secret des cabines et de jouer avec l'ombre qui cherchera à me poursuivre dans les rayons. J'ôte un gant de Charbel pour lui prendre directement la main. Il est moins frileux que sa sœur.

« Tu as la main brûlante, maman, et tu traverses comme une folle. Te vexe pas mais je préfère que tu me lâches, t'es pas très concentrée, je trouve. »

Penchée sur lui, je l'étouffe de baisers. Voilà, un simple « T'es pas très concentrée, je trouve », et me voici penaude. Peut-être devrais-je au contraire puiser, dans cette remarque qui pointe mon délire, la force de ne pas aller piquer ? Mes enfants m'attendrissent tant quand mes propres mots jaillissent de leur palais encore un peu endormi. Et ils m'apitoient, aussi... Quelle mère est-ce que je fais ? Je les mérite ?

« Madame, vous leur devez l'équilibre », m'avait recommandé leur pédiatre, ne sachant rien pourtant de mes errances. Charbel me sentait-il confusément dérailler ? Je ne suis pas d'accord en général avec ceux qui disent que les enfants et les animaux sentent tout, mais nous sommes tellement proches, eux et moi, que peut-être que, paroi contre paroi, quelque chose a ruisselé.

« Pardon pardon, maman t'aime, tu le sais bien, maman est perdue dans ses pensées, je vais avoir une journée difficile, pardon pardon, je vais me rattraper, comment il s'appelle déjà, le personnage de livre que tu aimes bien en ce moment ?

— Et moi, tu me demandes pas ? » interroge Dina.

Je les regarde s'engouffrer derrière la lourde porte de bois maintenue par la directrice, qui me salue au passage. Elle m'imagine sans doute remplir mes cahiers de textes sans broncher. Accomplir aussi bien mes devoirs de prof, que ceux de mère. Pourrait-elle me comprendre, si elle savait qui je suis vraiment ?

Est-ce que je vais te comprendre ? C'est la première question qui m'était venue quand la croix bleue s'était affichée sur le test de grossesse, sans savoir alors que je devrais dire *vous*, songer à deux âmes. Alors que j'étais encore assise sur les toilettes, un monde d'angoisse s'était ouvert à moi. *Tu comprends ? Je ne me comprends pas moi-même ! Tu crois qu'on se comprendra ?* expliquais-je alors à l'embryon, déclinant le verbe *comprendre* pour m'excuser d'avance de le faire mariner dans un ventre de névrosée.

« Dina-Charbel bien livrés, bonne journée mon amour. » « Je viens d'atterrir, bonne journée ma princesse, hâte de te retrouver ce soir. » Échange de textos avec Dan avant de m'engouffrer dans la ligne 10, direction le Bon Marché – finalement, c'est plus direct. Dans le métro, un guitariste joue du Django Reinhardt, enfin, je crois… J'ai emmené les jumeaux voir *Swing* de Tony Gatlif le week-end dernier à la Cinémathèque ; depuis, je prends chaque air de guitare pour du jazz manouche. Il faudrait que je demande à Rada de m'instruire, elle a gardé des tas de vinyles de musique tsigane ; son mari jouait du violon et de la guitare. Un vieux avait hurlé un jour : « Voleurs de poules, arrêtez votre tintamarre ! », en tapant sur leurs volets avec sa canne…

Je sors le *Bonheur des dames* de mon sac, je le relis encore, cette semaine. Je le mettrais bien au programme de toutes mes classes de lycée, mais j'aurais l'impression de me livrer. Il y a tout dans Zola, parce qu'il y a tout ce qui nous arrive dans le XIXe siècle, ne cherchez pas plus loin. Mon téléphone qui s'était glissé entre les pages ne cesse de vibrer, Alice me bombarde d'images de lingerie fine qu'une marque lui a offerte. Puis son fameux « dispo ? ». Je réponds que non, que je vais travailler.

Station Mabillon, je m'aperçois que je lis et relis la même page, pire, le même paragraphe ; c'est très mauvais signe, ça sent la perte de contrôle. Il serait encore temps pour moi de descendre là, d'aller lire au jardin du Luxembourg, le froid serait supportable avec un thé bouillant. Je sais que je me dupe, que je ne me contenterai pas de regarder malgré les promesses que je me fais. Une alcoolique qui irait à une dégustation de vins… C'est pas des Fred que je devrais porter, mais un bracelet électronique ! Si je descendais, je m'éloignerais du lieu de la tentation, et m'amuserais à inventer des scénarios pour voler les chaises du parc. Impossible de partir en courant avec, je me prendrais les pieds dedans (je suis bien plus habile de mes mains), mais sinon, détrompez-vous ! On le pourrait, malgré les gardiens et les policiers qui veillent sur le Sénat. Comme on dit, plus c'est gros… Enfin, moi, pour les chaises simples, j'aurais presque pu. Les autres, celles où on s'allonge, sont vraiment très lourdes ; j'imagine les bras des chaisières de la Belle Époque qui les louaient et les déplaçaient, solides comme les bras de lavandière de ma mère. Une fois, juste pour voir, j'ai essayé d'en traîner une jusqu'à la balance qui se trouve à l'entrée du parc, du côté de la place Rostand. Peinture vert olive à peine ébréchée, nouvelle génération… Deux bonnes sœurs m'avaient suivie des yeux un instant, sous leurs lunettes rondes, puis elles s'étaient retournées vers les petits bateaux du bassin, à nouveau indifférentes, commentant d'un geste les progrès des coques colorées sur l'eau. Personne ne m'avait arrêtée, mais personne ne m'avait aidée non plus à porter mon trophée sur la bascule. Seul un clochard m'avait applaudie, hagard.

Alice insiste : « C'est l'intercl*â*sse, tu me rappelles ? »

La manière dont elle accentue le mot me renvoie à quelque chose de triste : l'institutrice du *Petit Nicolas* dont nous nous amusions hier, c'est moi aujourd'hui, encore plus exclue du monde dont j'avais rêvé, celui de l'entracte dont Alice profite et me frustre. La réplique d'*Into The Wild* s'agite dans ma tête : « N'oublie jamais, quand tu veux quelque chose dans la vie, tu n'as qu'à tendre la main et tu le prends. » Elle revêt des sens différents selon qu'on l'applique à Alice ou à moi-même… Mon amie m'en a souvent voulu de refuser les petits rôles d'Arabe de carte postale qu'elle réussissait à me dégoter çà et là, au gré des pièces et des scénarios qu'on lui tendait. Elle y voyait un tremplin possible, quand je rétorquais : « Je ne peux faire ça ni à ma mère, ni à mes enfants ! Et je veux rester la princesse de Dan ! » Mais alors, les petits vols, c'est mieux, peut-être ?

Tant pis, voilà, je suis déprimée maintenant, pas le courage de descendre avant, je vais pousser mon chariot d'amertume jusqu'à Sèvres-Babylone. En quittant mon strapontin, je hausse les épaules sur mon reflet qui grandit.

11

« Aïda ?

— Paul ? Mais qu'est-ce que tu fais là, de si bon matin ? »

Un morne bonheur se profile. Je vais être sauvée du vol aujourd'hui, mais j'aurais aimé que ce soit par quelqu'un d'autre. Oh, merci quand même… Qui dois-je remercier au juste ? Mon étoile, le dieu des chrétiens ou Hermès, celui des voleurs (drôle que ce soit aussi celui des marchands) ? Tandis que Paul demande un renseignement sur une écharpe, j'écris à Alice : « Paul est là, devant moi ! » Alice me répond illico : « Fuis tout de suite ! » Je mets mon portable sur silencieux, je sais qu'elle a raison, que je devrais prendre mes jambes à mon cou ; mais il s'agit pour moi, en quelque sorte, de guérir le mal par le mal.

Paul me déshabille du regard, de la tête aux pieds : « Tu es belle, ma coquine ! » Un dégoût monte en moi, en même temps qu'une attraction spontanée. Ce truc vieux comme le monde, de remplacer une addiction par une autre qui peut sembler moins grave, sur le coup… Oui, je l'avoue, j'ai essayé la boulimie, l'alcool. J'ai essayé le sexe. Je me suis rendu compte que ça ne marchait pas, mais j'ai envie d'essayer encore. Parfois, ça peut faire illusion une semaine ou deux. On croit avoir gagné du terrain, on temporise. Ça fait du bien !

« On prend un thé au second ? Ou tu préfères qu'on s'échappe d'ici ? »

Paul me tend le bras avec élégance. Il me captive, d'un simple geste. Il n'y a pas de doute, c'est un grand acteur qui a mérité toute sa consécration. Je pourrais craindre d'être prise en photo avec lui par un paparazzi (Dan tomberait dessus en achetant son journal au kiosque, comme il continue de le faire, et mon proviseur ferait coïncider la date de la légende avec mon jour d'absence), mais je me sens soudain dans un tel cocon que la pensée m'amuse plus qu'elle ne m'effraie. Et lui, Paul, ça ne l'inquiète donc plus ? La terre devient soudain si légère sous mes pas, je pourrais voguer dans les airs comme Mary Poppins (j'ai déjà planqué des choses dans mon parapluie, de sorte qu'il m'a paru un jour aussi magique que le sien). Je ne suis plus l'Aïda Zadkine chargée de devoirs et de désir de paraître, d'un mal-être à étouffer, devenue l'esclave d'une extase de supérette, mais celle que voudra Paul, tout le temps qu'il me tiendra.

« On trinque au thé vert d'abord ! »

Sur les marches automatiques, étroites, Paul me place devant lui et commence à passer sa main entre mes cuisses, les fait glisser sur mon collant et me caresse furtivement. Arrivée au premier, « mode femme lingerie collants », je défroisse un peu mon manteau, resté plié jusqu'à l'endroit où Paul était parvenu à le remonter. Défaillante, je jette tout de même un dernier coup d'œil à mon téléphone, Alice m'a bombardée d'appels, je m'y attendais. Sinon, rien d'urgent, ni du côté de Dina-Charbel ni de celui de Dan, qui me demande s'il prend un poulet rôti chez Dufrénoy en rentrant. Pas de sermon de mon proviseur non plus, sur les arrêts maladie que je n'envoie pas forcément. Mes parents séjournent chez Ritta. Tout va bien, je peux disparaître une journée. Le parfum de cuir de Paul m'enivre et me rappelle le bel homme qu'il est sur la publicité où il le vante, quand je détourne les yeux en croisant sa photo sur un arrêt de bus alors que je suis avec les enfants. Autour, tout est si beau, je vais prendre mon shoot sans tendre la main…

Je ferme un instant les yeux et me retrouve au Bonheur des Dames, les cannes des messieurs frappent en rythme dolent, un orchestre joue au loin, d'en haut, Octave Mouret nous suit d'un œil expert, en maître de la débauche, tandis qu'un commis lui détaille des carnets de comptes, des dames filent lire les nouveautés au cabinet de lecture, des vendeuses plient et déplient, font tâter les étoffes, se laissent frôler par de très jeunes garçons. Je ne sais dans quel état nous gravissons le second étage, traversons la librairie pour nous retrouver attablés chez Rose Bakery.

« Aïda, tu es toujours aussi coquine ? »

« Coquine », je ne supporte pas le mot, dans cette voix de séducteur. Tellement ridicule ! Je ne l'ai même plus jamais utilisé pour Dina : « Tu es coquine, toi ! », après l'avoir entendu prononcé par Paul, d'une manière qui n'appartient qu'à lui. Il en devient si glauque qu'il me fait redescendre d'un cran. Mais le magnétisme de cet homme est sans doute plus fort, je ne m'enfuis toujours pas. Surtout, grâce à lui, je ne sortirai pas de là misérable et perdue, après le moment exquis de la prise et celui où je m'évade, sans rempart, comme ivre d'un vin mauvais.

« Paul… Il n'y a pas longtemps, j'ai rencontré Armand, c'était aussi dans un grand magasin. Étrange coïncidence, non ?

— Tu as de si beaux seins. Vous avez été coquins, tous les deux ? Allons, raconte, excite-moi !

— Oui, dans sa voiture. Mais c'est étrange, je ne l'ai pas reconnu tout de suite, lui n'a jamais réussi à me remettre. Je n'ai rien dit. Il m'a sorti le même truc foireux quand je lui ai dit mon prénom. Des Aïda, il n'y en a pas partout, et avec ce que nous avons fait ensemble il n'y a pas si longtemps, j'ai eu du mal à comprendre qu'il oublie à ce point. »

Paul ne m'écoute plus, il tente de me caresser un sein, passant discrètement la main sous mon manteau. Je le repousse en douceur.

« Tu es vexée qu'il ne t'ait pas reconnue ? Tu sais, Armand, il consomme beaucoup, et dans le monde entier. Il a peut-être rencontré des Aïda, je ne sais pas moi, en Égypte ? À Barbès ? Va savoir où il traîne, ces derniers mois… Mais je t'assure, tu es la plus belle ! Tu voudrais qu'on recommence nos petites sorties ? Je n'ai plus de nouvelles d'Armand de mon côté, je le boude, il ne fait plus tourner ses plans. Mais on peut se débrouiller sans lui, non ? »

Quand elle m'avait présenté Paul, Alice m'avait prévenue : « Viens à ce dîner, parce que c'est un super acteur et qu'en deux mots il te fait une leçon de maître sur le sujet, tu auras sûrement un déclic sur le métier avec lui, mais, surtout, ne tombe pas dans le piège. Je sais qu'il va te plaire, qu'il pourra te donner des envies de prince charmant, t'éloigner de Dan ; mais Paul n'a aimé qu'une seule fois dans sa vie, il a été déçu et depuis, les femmes, pour lui, c'est du bétail. T'as envie d'être une poulette, de ressembler à ça ? » Alice avait ensuite mimé la poule, accroupie et caquetant, les ailes battantes, les joues gonflées, on avait tellement ri. Elle avait tourné avec Paul dans un film, *Le Banc des méduses*, mais je n'avais pas pu assister à l'avant-première, enfermée avec les jumeaux encore trop bébés pour pouvoir les confier. Et Dan encore en mission sur un autre continent… Une poésie à rimes pauvres.

« Tu veux faire quoi, Aïda ? On ne va tout de même pas commander du *carrot cake* ?

— Où veux-tu aller ? Je ne retournerai pas au Masque ! »

Combien de mercredis après-midi m'étais-je laissé aspirer là-bas ? Paul m'appelait, avec sa voix sirupeuse : « Aïda, on se fait une petite sortie ? » Il commençait tôt. Le matin, je résistais, le mercredi était consacré aux jumeaux : j'étais aussi tombée dans ce piège-là. Je me trouvais moche en mère à la maison, je me demandais comment me sentir désirable et le retrouver, tout m'épuisait d'avance... Mais soudain, vers midi, une fois les jumeaux endormis, branle-bas de combat ! Emplie d'une énergie nouvelle, j'appelais Rada et me précipitais dans ma chambre, retrouvais vite tout l'attirail caché au fond du placard, les porte-jarretelles, les dentelles, une robe qui n'était certainement pas d'après-midi, prenais un bain chaud, puis me couvrais d'un long manteau qui me descendait aux pieds, chaussés de talons sages, tandis que de grandes bottes attendaient leur tour dans mon sac cabas. J'invoquais pratiquement le même génie de l'organisation que lorsqu'il fallait partir en courses avec les jumeaux et que je parais à toute éventualité. Honteuse en passant devant Rada pour qui j'inventais un rendez-vous avec des amies pour me détendre, je me maquillais et me parfumais dans les toilettes d'un café et je retrouvais Paul, pimpante, à la brasserie de la Bourse, où nous commandions du champagne et des fruits de mer.

« Pourquoi tu ne veux pas ? On se sent là-bas comme au théâtre, non ? C'est doux comme un cocon, sucré comme une pomme d'amour.

— Oui, mais moi, je suis mère, je suis mariée à quelqu'un de bien, quelqu'un que j'aime. Je ne peux pas entrer dans cette liberté-là et en sortir sans remords ni culpabilité. Je vois bien que toi, tu es complètement heureux, baigné de cet anonymat et de ces jambes que tu ne reverras plus, le visage masqué par ton loup... Mais pour moi, après, c'est l'enfer, Paul ! Quand la lumière du jour revient, c'est un peu comme toi après avoir joué au théâtre. Retrouver mon appartement l'air de rien après, c'est vraiment trop dur, et je me sens trop seule.

— Tu te souviens comme tu adores fourrer dans tes poches les bonbons de l'entrée, ma coquine ? Les bonnes grosses fraises Tagada de la taille d'un poing, avec leur feuillage vert en pâte d'amande que l'on peut détacher, laisser fondre dans la bouche, il n'y a que là qu'on en trouve des comme ça ! Moi je dois faire attention à ma ligne, avec tous ces tournages, mais toi, tu peux te régaler ! Tu me trouves comment d'ailleurs, physiquement, en ce moment ? »

Il ne réagit pas à ce que j'ai dit, il y a longtemps qu'il se montre insensible aux souffrances des femmes ; je le sais pourtant, pourquoi est-ce que je me dévoile comme ça avec lui ? Il s'en moque éperdument. Les larmes montent, mais je trouve le courage de lui répondre d'une voix claire que je le trouve beau, très beau, ce qui est vrai. Il se soulève un peu et m'embrasse sur le front, satisfait.

« À propos, tu as des nouvelles d'Alice ? Elle sait qu'on est allés ensemble au Masque ? »

Il me demande ça seulement maintenant. Je ne sais pas s'il a peur que ça se sache, ou s'il a déjà aussi traîné Alice dans cet endroit. Elle ne m'a rien dit, même quand je lui ai avoué que, le mercredi après-midi, je n'allais pas vraiment faire du yoga. Elle a cherché à savoir, m'a beaucoup cuisinée sur ma relation avec Paul. Elle était au courant que, peu après notre première rencontre, je m'étais rendue chez lui, un soir très tard où Dan n'était pas là. Rada était montée, j'avais dit que j'avais oublié d'aller à un anniversaire, pas eu le temps de prévenir la baby-sitter, qu'il fallait au moins que j'y fasse une apparition. Elle refusait que je la paie, je lui donnais des objets volés, un chandelier, un foulard… Je mettais de côté pour elle ce qui me semblait à son goût. En deux temps trois mouvements, j'avais retrouvé une paire de chaussures Céline en crin de poney, très pointues. Je les avais enlevées en arrivant, déjà intime : « Je suis pressée, je vais partir comme une voleuse, je te préviens ! » C'était très bien, amoureux. « Tu t'attendais à ce que ça se passe comme ça ? » Il y avait eu comme un début de belle histoire, un tango au parfum de vin argentin ; mais, très vite, Paul m'avait demandé de me procurer un loup et de l'accompagner au Masque, et j'avais déchanté tout en pensant *tant mieux* ; et c'était devenu une drogue de substitution, à la vie, à moi, aux vols. J'y allais au départ comme on rejoint un camarade que l'on aime et que l'on accompagne dans un délire. Je pense vraiment qu'au début j'y allais pour lui, pour le voir, pour rire, car on riait aussi au milieu de ce décor feutré de rouge, comme une salle de théâtre. À quelques pas de l'entrée, nous mettions nos masques, nous nous prenions la main et nous sonnions. Le vigile entrouvrait la meurtrière, reconnaissait Paul à qui il adressait une courbette, et nous entrions dans ce parfum de bougie à la figue.

Paul prend le bout de mes doigts et suit mon regard ; il ne comprend pas que je fixe la théière sur la table d'à côté, que je m'y plonge. Elle devient de plus en plus belle, magique, merveilleuse. Je la devine vide, facile à glisser dans mon sac posé au sol. « Tu es tellement agile », hasarde-t-il en jouant avec mes phalanges. Je ris aux éclats, il ne comprend pas, il flatte la pickpocket en s'imaginant flirter.

Lui, au Masque, il disparaît aussi, mais c'est un jeu d'acteur. Une performance à laquelle, dans cet endroit, je ne parviens pas. Tout ce velours des fauteuils et des rideaux, cette lumière tamisée, ces corps anonymes qui glorifient le sien sans savoir que c'est lui. Il retourne toutes les femmes, ne veut pas avoir affaire à leurs regards, à leurs visages, ça le repose. Il enfonce d'abord un peu son doigt, comme pour mesurer la taille de l'entrée, puis y va de toutes ses forces, et recommence, et recommence… Quand il rugit, le voici qui guette les applaudissements, dans mes yeux tristes. Sa seule véritable spectatrice. Au début, j'avais au moins l'honneur d'être la première. Et de face. Les femmes se contentent vite de peu, en matière de « privilèges » – ou bien était-ce moi ?

Alice m'envoie à nouveau des messages mais, cette fois, ce sont des photos d'elle prises au studio Harcourt. Il y en a cent, elle me demande de choisir une photo de face, une de profil. C'est compliqué, j'ai chaud, j'éteins tout.

« On va au Lutetia ? »

Je regarde l'heure, il reste beaucoup de temps avant le retour d'école des enfants. La proposition, qui brille dans le regard de Paul, m'attire soudain autant que la faïence de la théière.

Le réceptionniste du grand hôtel semble le connaître aussi bien que le vigile du Masque, mais je n'y prête pas attention. Paul dit que notre problème, à tous, n'est pas que l'on veuille être aimés, mais « préférés ». Je ne recherche plus ni l'un ni l'autre avec lui. Je plonge juste le nez dans son dos tandis qu'il plaisante avec le concierge, au cas où un ami de Dan viendrait pour un déjeuner d'affaires. Dans l'ascenseur, Paul commence sa parade avec son doigt, c'est délicieux. La chambre est très romantique, mansardée. Avec une vue sur le Bon Marché qui m'aide à jouir, au moment où il me retourne contre la balustrade. À l'air libre.

12

Paul et moi reprenons nos habitudes, tous les mercredis à 14 heures. Cela commence par un déjeuner tardif. Je déjeune une première fois avec les enfants, puis une seconde avec lui. Depuis que je le revois, je sombre souvent dans un profond sommeil en rentrant de nos rendez-vous, après m'être un peu occupée de Dina-Charbel, toute trace de Paul et de sexe effacée, jusqu'à mon visage démaquillé à la va-vite au parking. Les bas, je les jette, parfois les dessous aussi, ou bien je les enroule dans ma poche pour les laver et les sécher discrètement. Je fais des cauchemars où Dan me suit dans un grand magasin, me surprend la main dans le sac, se détourne et me méprise. Je ne sais pas trop comment je vois que c'est le cas, mais je le sens très fort au point de me réveiller honteuse, roulée en boule dans le salon où je me suis endormie, épaules remontées. Moi qui d'ordinaire fais tout pour bien me tenir sur le sofa.

Ce mercredi, Dan m'a prévenue qu'il allait rentrer plus tôt. 18 heures au lieu de 21. Pour éviter la somnolence coupable qui me prend après Paul, j'ai fait une petite tournée aux Galeries Lafayette après le Masque.

Je me demande si Paul va contacter Armand et lui parler de moi, lui rafraîchir la mémoire au point qu'Armand fasse enfin le lien et lui raconte nos retrouvailles insolites au Printemps. Paul m'appellerait ensuite, pas du tout choqué. « Coquine. » C'est marrant, dans le roman de Zola, l'un des inspecteurs est poli avec la voleuse, parce qu'il n'ignore pas qu'elle entretient des rapports mondains avec le directeur en dehors du magasin, mais Virgile ne pouvait qu'ignorer mes rapprochements avec Armand, puisque lui-même les avait oubliés !

À la maison, j'ai monté le son de la radio, que j'écoute au casque. France Info. Je ne lutte pas beaucoup, le sommeil me prend, je sursaute de temps en temps au rythme des informations qui m'affligent, dans un reportage sur le Liban. Les revendications des manifestants, pas toujours bien traduites, tonnent : « À bas ce gouvernement de voleurs ! », « Criminels, voleurs, nous n'avons pas d'État au Liban ! », « Ne leur donnez pas de sous, ils en feront des villas pour leurs familles ! », « Pour eux, le pays est un trésor à piller ! », « Je dois braquer ma banque pour pouvoir toucher à mon argent ! » De pauvres gens s'inquiètent : « Comment pourrais-je faire confiance à un brigand qui m'a volé, comme il a volé l'avenir de mes enfants ? » Un père raconte qu'il demande du pain « à main armée », parce que ses enfants ont faim. Ont-ils enfin honte, les ministres corrompus, comme moi j'ai eu honte quand deux colosses ont fouillé et humilié devant moi un jeune (SDF ou étudiant) parce qu'il cachait deux boîtes de sardines dans les poches de son jean, tandis qu'ils me donnaient du « Au revoir, madame », tout sourire ? Je repense à l'affaire Louise Ménard, que j'ai découverte récemment.

« Attendu que la faim est susceptible d'enlever à tout être humain une partie de son libre arbitre… que l'irresponsabilité doit être admise en faveur de ceux qui n'ont agi que sous l'irrésistible impulsion de la faim. » Il y avait aussi cet article dans *Le Monde* de Dan sur le jugement de cette pauvre femme à la fin du XIXe siècle, accusée d'avoir volé un pain de trois kilos dans la boulangerie de son cousin, car elle se mourait avec son enfant et sa mère. Acquittée par le « bon juge Mignaud », qui créa à sa suite cette notion d'« état de nécessité ».

Je sortais, quant à moi, avec des marchandises dix fois plus chères (et plus inutiles) dans les poches de mon manteau, surtout le Max Mara, très *contenant*, assurée que j'aurais sans doute été aussi bien traitée si j'avais été découverte. Peut-être un léger froncement de sourcils en plus, pour marquer le coup ? « Moi, mes poches sont vides et mes yeux pleurent de froid… » En France, un avocat expliquait que « la justice de classe existe, mieux vaut être ministre dans un tribunal qu'une mère de famille au RSA qui n'impressionne personne », celle-là obligée de voler pour donner autre chose que de la purée en flocons à ses enfants. En comparution immédiate, c'est la foule des précaires face à une « justice broyeuse, implacable et rapide, pas celle des cols blancs ».

« Aïda ? Chérie ? Tu me fais une petite place ? Tu t'es endormie sur le canapé ! La journée a été rude, on dirait ? Ma pauvre, les enfants t'ont achevée ! »

Dan s'approche, je sais qu'il va me toucher le front. Je pose la main sur ma nuque, par réflexe. Le trou laissé par l'antivol que j'ai arraché brutalement est-il encore visible ? Comment ai-je pu sombrer de la sorte, je ne sais même plus si j'ai fait faire leurs devoirs à Dina-Charbel.

Je débite, d'une voix que j'imagine sûre et gaie :

« J'ai inspecté les trousses et fait travailler les enfants, on oublie les cartables pour ce soir ! »

Dan semble lire dans mon désarroi, ça n'est pas bon pour moi. Il déboutonne les manches de sa chemise, demeurée immaculée malgré la journée intense. J'adore toucher ses avant-bras, ça me redonne de la force, il le sait. Comme souvent dans ces moments-là, il soupire et récite, heureux : « J'ai une chance folle, une femme et des enfants merveilleux, adorables, et si beaux ! » Il dit que de mon côté, j'ai le « bonheur anxieux ». Je demande souvent à Dan, aux enfants s'ils sont contents. Parfois on marche, en bonne entente, ou on sort d'une fête ou d'un magasin de jouets ; à certains moments c'est dans la salle de bains, quand les petits se lavent les dents en riant parce que c'est compliqué avec les trous des dents tombées, et je demande : « Tu es content ? », « Tu es contente ? » C'est devenu un jeu, tout le monde répond : « Oui. » Soulagée, je renchéris : « Moi aussi je suis contente, je vous aime tellement ! »

Je suis dans un grand état d'épuisement, j'ai dû pas mal flamber dans l'après-midi, cramer la vigilance d'une montagne de portiques et de gardes en un temps record. Peut-être capituler une fois ou deux. Avoir regretté puis continué quand même, détalé, joué au yo-yo avec l'extase. Frigorifiée d'un coup, piteuse, au deuxième coin de rue.

Je n'ose me remémorer tous les événements. Même quand j'ai voulu mettre fin à ma « tournée » en goûtant à plusieurs gâteaux au Café de la Paix, je me suis encore couverte de ridicule : devant l'orgie dans mon assiette, encouragée par le ballet des dessertes, j'ai eu l'audace de suggérer au chef de travailler à nouveau avec Elie Saab. Je l'imaginais charitable, cette fois, cette collaboration pâtissière avec le couturier. En faveur des affamés du Liban. Ne relevant rien qui vaille dans le blanc de l'œil poli qui me faisait face, j'avais insisté : « Il habille mon amie Alice Roi, vous savez, la grande actrice ! » Après ça, quitter les lieux à la cloche de bois aurait semblé honorable.

« Tu as faim ? »

J'émerge.

« Non, j'ai déjeuné copieusement avec ma nouvelle copine Marine, une maman de la piscine Molitor. Et sa dictée, à Charbel, je te l'ai mise dans la cuisine, tu as vu ? Il a fait des progrès monumentaux ! Dina, rien à signaler, toujours parfaite. »

Dan glisse la main dans mes cheveux. Il ne réagit pas à cette histoire de Marine, alors qu'il sait que je suis du genre sauvage. Devine-t-il toujours quand je mens ?

« Oui, j'ai vu, notre petit matheux s'améliore en français, juste une coquille à la conjugaison du verbe vouloir, il a écrit "nous *volons*", la maîtresse a mis un gros "oh !" en commentaire à côté, et son tampon ridicule en forme de smiley. Elle s'excite avec ses petits tampons : elle a même changé d'encre. Cette semaine, on passe au vert. En plus, il a des tentacules, son bonhomme, maintenant.

— Ne te moque pas…

— Tu vas où ?

— Embrasser les enfants, j'étais un peu dans les vapes aujourd'hui, j'ai besoin de les retrouver.

— Et moi ? De toute façon Rada les a déjà couchés, je suis rentrée plus tard que prévu. Ils ont bien dîné, elle vient de partir. Ils n'ont même pas pris de bain ! »

Dan me suit dans le couloir, mes cheveux ont recouvert le trou, je me sens de nouveau en sécurité. Les enfants dorment profondément, je relève un peu la couette pour vérifier que Rada leur a enlevé leurs chaussettes ; elle oublie souvent de le faire quand elle les couche sans les laver. Mais, là encore, Dan me devance et les tend sous mon nez. Je fais diversion : « Elles puent ? » Je sais que mon amour toqué va encore me faire des remontrances. Il bout déjà contre Rada, qui ne trouve pas le savon quotidien essentiel aux enfants. L'une des chaussettes est trouée, et il ne supporte pas les trous, les taches… Il est capable de jeter une chemise neuve si un petit point noir s'incruste dessus. « Elle n'était pas trouée ce matin, tu sais comme les orteils poussent vite à cet âge ! » Dan ne me croit pas et me sermonne : tout de même, au moins les jours où il y a sport à l'école, je ne devrais pas les envoyer « négligés » devant leurs petits camarades. Il pense peut-être que des enfants de sept ans n'ont que ça à faire, de moquer un trou invisible dans l'excitation des vestiaires, au moment de mettre les rythmiques ou les baskets ! Moi, je ne sais faire que des trous, des petits trous, encore des petits trous…

L'air détaché, Dan me parle d'un vol de données de santé gigantesque, lié à un piratage informatique de laboratoires. Le *board* est en émoi. Le *Wall Street Journal* a suggéré que l'industrie pour laquelle il travaille serait l'un des commanditaires possibles de cette fuite. Il est rentré tôt pour faire des recherches sécurisées sur cette affaire à la maison, car il a des doutes. J'essaie de l'écouter, mais tout glisse, je flotte encore. Ça ne me concerne pas. Je ne suis pas une industrie pharmaceutique, je ne m'enrichis pas avec mes vols. Je vole, mais c'est moi qui suis dépossédée, qui me dépossède (les grands magasins s'en remettent). J'aimerais que la science se penche un peu plus sur les écervelées comme moi.

Il revient à la conversation sur la chaussette trouée. Il est obsessionnel, il a besoin de résoudre une énigme, plutôt la sienne que la mienne – du moins, je l'espère.

« J'aimerais que tu sois aussi soigneuse que tu es belle », me dit-il souvent. Maintenant à quatre pattes (mais Dan reste élégant : même dans cette position, on dirait une publicité pour Ralph Lauren, je ne sais pas comment il fait), le voici qui ouvre un tiroir sous le lit de Charbel et se met à trier toutes ses chaussettes. Ensuite, les socquettes de Dina.

« Apporte-moi la petite poubelle de notre salle de bains, chérie, s'il te plaît ! » La vue des chaussettes trouées l'incommode de plus en plus, il faut qu'il s'en débarrasse. Quand Dan ouvre en grand le petit pot en inox, dont il admire la surface immaculée où nos deux visages se reflètent, j'ai à peine le temps de me précipiter pour attraper le bout de journal dans lequel j'avais enveloppé une culotte à jeter. Je le mets dans ma poche en me justifiant : « J'ai mis ça là par erreur, c'est un article que je voulais garder, pour mes élèves ! » Dan me fixe d'un drôle d'air ; il me pense distraite depuis toujours alors que c'est pire que ça, je divague franchement. Pour désamorcer, je dis : « Ne t'inquiète pas, je vais le repasser avant de le photocopier ! » Il rit. Heureusement qu'il a parfois de l'humour sur ses propres raideurs.

Comment ai-je pu abandonner ce dessous chez nous et pas dehors, comme d'habitude ? Était-ce un message inconscient que je recevais ou que j'envoyais à Dan, la fusée de détresse lancée en pleine mer d'huile ? C'était une culotte fautive, mais elle n'était pas volée. D'ailleurs, je n'ai jamais volé de lingerie de crainte que Dan ne repère le trou, même reprisé. Je recouds mal… Et je ne peux rendre Rada complice ! J'évite les rayons, pour ne pas me laisser séduire, c'est si facile et alléchant les petites dentelles, je comprends tellement les bourgeoises de Zola ! Dans son roman, les vendeurs ne doivent pas « amonceler » les dentelles, mais les séparer, pour les rendre moins vulnérables aux mains des tentées.

Dan a terminé de classer, il n'a aucun scrupule, même les chaussettes de montagne y passent. Ah, je sens qu'il renaît. Dans l'obscurité de la chambre des enfants, seulement éclairée par l'ouverture du couloir, il met la main dans mes cheveux et tire légèrement dessus. Il a envie. Je suis blême, j'ai eu mon compte pour la journée. Il pose ensuite les doigts sur ma nuque, commence à la masser, tombe sur le trou. Bizarrement, il ne dit rien : ni remarque ni moquerie. Au contraire, il se met à jouer avec. Fait pénétrer l'index à l'intérieur, tire l'encolure vers l'arrière, qui m'étrangle un peu en même temps que le trou s'élargit. Nous quittons le tapis Petit Ours Brun pour retrouver notre chambre. Il ne dit toujours rien pour le trou.

« Dan, à quoi tu joues ? »

Je le regarde enlever sa chemise, prendre l'un de ses tee-shirts de nuit bien pliés. Je les connais par cœur, il y a le Roland-Garros, celui avec les éléphants rapporté d'Afrique du Sud, le Festival de musique de Menton…

« Je suis un peu fatigué ; tant pis, je me lèverai à l'aube pour enquêter. On se couche tôt, pour une fois ? »

Il enfile un caleçon, abandonne comme parfois l'été l'idée du pyjama.

Son attitude me déroute. A-t-il compris quelque chose de mon habitude honteuse ? Ou plutôt devrais-je dire *mes* habitudes honteuses, en ce moment ? Son insistance silencieuse à jouer avec le trou tout à l'heure me travaille… Je préférerais que nous passions à l'acte, que les choses se déroulent comme imaginé lorsque nous avons quitté la chambre des petits et que le parquet a craqué aux mêmes endroits que les autres soirs. J'aurais pleuré en silence, heureuse au fond de me donner à Dan pour disparaître sous lui. Dan m'ancre, m'empêche de m'envoler tout à fait, me contient entière à ses côtés même d'une main, comme dans ce tableau de Chagall que nous avions découvert ensemble la première fois que nous nous étions aimés.

Le larcin de la poubelle, si ridicule, me chagrine. Aïda, petite prof, petite voleuse de grand chemin, incapable de viser les diamants de la vitrine de la réception, exposés à quelques mètres de là. Une poubelle, qui dit mieux ? Ma sœur, pourtant devenue mère la morale, en rirait à gorge déployée avant de songer à me gronder. Heureusement qu'elle vit à Lyon depuis ses études, et qu'elle s'y est mariée : elle ne serait pas restée longtemps dupe de mon petit jeu si elle était plus souvent chez moi. Se souvenait-elle seulement qu'on les faisait ensemble, les poubelles ? De son côté, elle s'était embourgeoisée sans plus jamais se retourner.

Ritta me manque tellement ce soir. Peut-être que je suis un trou affectif ambulant, que rien ni personne ne pourra combler, un ventre toujours vide, malgré la maternité double qui est passée par là ? Peut-être est-ce la raison pour laquelle ça ne me dérange pas de me promener avec des chandails troués au col, là où d'un geste furieux j'ai arraché l'antivol, ce trou de la honte ou de la gloire, que je raccommode parfois grossièrement comme une vilaine cicatrice ? Ce trou qui me brûle quand je me tourne pour sortir des cauchemars de la nuit, des bras de Dan et de cet édredon bien trop garni, dont aucune plume ne s'échappe ? Ce trou par lequel, moi, je m'échappe ? Dan qui ne supporte ni les trous ni les taches, comment peut-il ne pas s'alarmer de ce trou qui quémande à ma place : *Remarque-moi vraiment, je déconne, je vais peut-être très mal, ce n'est pas un jeu de rien, mes petits vols, examine-le, ce trou, au lieu de penser à ceux de la nappe ou des chaussettes de Charbel !*

« Tu dors ?

— Oui. Pas toi ?

— Non, je vais lire un peu, je n'ai plus du tout sommeil... »

Dan me tourne le dos, mais il pose tout de même un bras sur moi. Il n'a pas l'air si inquiet pour les fuites dont il m'a parlé, au contraire, on dirait même qu'il a l'air... content ? Je vais chercher au salon l'un des volumes des *Rougon-Macquart* ; la tante de Dan m'a légué tous ses volumes dans la collection de la Pléiade, on les garde au chaud sur la cheminée. Dans ma chambre, il n'y a que *Au bonheur des dames* édition Charpentier. J'ai ri sous cape en tombant sur un dialogue qui semblait taillé pour moi quand je l'ai ouvert au hasard, comme je le fais souvent le temps de reprendre mes esprits, en rentrant d'avec Paul. Je l'ai même joué devant le miroir, en prenant tons et postures :

« Dites donc, cria-t-il, êtes-vous toujours vertueux, au Bon Marché ?

— Pas tant que ça », répondit l'autre, très rouge.

Encore un peu, et je me dirigeais vers la petite salle de jeux des enfants pour me barbouiller les joues avec leur maquillage de clown et recommencer une scène plus réaliste encore. Le rouge me monte fort et vite au visage ; je n'en ai pas besoin, pourtant, il me suffit de penser à Paul, ou… à Armand.

Dans le calme où je m'emmure, je me dis que seul Zola m'apaisera encore et encore. J'aimerais tant dévorer de nouveau toute la série d'un trait, comme l'été de mes quatorze ans où j'ai découvert un volume chez un bouquiniste à Beyrouth. Je faisais des pieds et des mains pour qu'il me débusque le suivant dans les trois jours, je courais aussi les étals sauvages qui jonchaient les rues, jusqu'au pont de la Fiat, pour voir s'il n'y était pas. Rien ne pouvait me distraire de ma fascination, je quittais à peine le lit à barreaux très haut de mes grands-parents, fermant les persiennes aux heures les plus chaudes du jour, les rouvrant en grand sur le jardin aux premières fraîcheurs du soleil détalant, me faisant servir une collation au lit, arrivant en trombe aux toilettes. Zola me donnait souvent de la fièvre, mon grand-père me rafraîchissait le front avec une décoction de cèdre, mais je ne parvenais plus à le lâcher. Je retrouve cette ferveur en dévorant les pièces sur lesquelles Alice travaille ; je l'aide à répéter, ça me sort un peu de moi. Je lui donne la réplique longtemps après, je m'imagine sur scène à sa place quand je marche sur les quais. J'entends les applaudissements dans le clapotis de l'eau traversée par une péniche, ou dans mes écouteurs. Je fais le V de la victoire quand mon téléphone me signale que j'ai parcouru plusieurs kilomètres à un rythme régulier.

3 h 12 du matin, et je ne dors toujours pas. J'ai l'impression que le sommeil de Dan est un peu agité. Je sors du lit sur la pointe des pieds, j'ai soif d'une gorgée de Coca. C'est la dernière canette, et je brise la languette par inadvertance. Une solution radicale s'impose à moi pour dépecer la bête : le couteau à huîtres. Je le lève très haut, je ne veux pas rater mon coup. Dan, surgi de nulle part, arrête mon geste dans sa course. Mon cœur et le sien battent à tout rompre ; il viendrait de m'empêcher de commettre un crime que ce ne serait pas aussi fort. Je pleure, enfin.

13

« Bien passé, le week-end ? »

Alice commence tôt les messages du lundi. Elle n'attend pas ma réponse, me rappelle une seconde après. J'affiche la visio sur l'écran de la voiture électrique de Dan, encore une américaine.

Dan adore les belles voitures, dotées des technologies les plus avancées, et en change chaque année, provoquant l'admiration, la moquerie ou l'envie du voisinage. Même dans notre immeuble de rentiers, certains trouvent honteux que son business de médicaments soit aussi florissant. Quoi de plus normal ? Des vieux pour la plupart, qui craignent de se faire manger la laine sur le dos par tous ceux dont ils dépendent. Alors, l'industrie pharmaceutique, vous comprenez… Pile dans la cible !

Le jour où j'avais dû prendre « l'américaine » pour aller au lycée, mes élèves m'avaient entourée en me voyant me garer. Pourtant, ce ne sont pas des pauvres, là où je travaille… Le proviseur avait émis un sifflement ironique, avant de les disperser. « Madame Zadkine, vous créez un attroupement dangereux ! Avec vos mille kilomètres d'autonomie, vous auriez pu aller vous garer plus loin ! » Je m'étais faite toute petite : « Je n'ai pas d'autre voiture à disposition, désolée, je prendrai un taxi la prochaine fois…

Ma ligne de métro était fermée ce matin. Pas beaucoup de bus. L'essentiel, c'est d'arriver à l'heure, ce n'est pas ce que vous répétez chaque jour ? Enfin, il y a aussi le vélo, je crois que je ne sais plus en faire, mais c'est à tenter ! »

Dans l'écran, Alice paraît tout émoustillée, ses cheveux encadrent son visage avec perfection. Nouvelle couleur ou nouvelle coupe, j'ai du mal à discerner. Je ne sais pas si j'ai passé un bon week-end, ni même si cette formule collera un jour tout à fait à mon être torturé, mais pour elle, visiblement, c'est le cas.

« Aïda, viens me rejoindre, je sais que tu ne travailles pas ce lundi, allez, viens prendre un café ! C'est dans le Marais, rue de Poitou. »

J'explique que je ne peux pas, que j'ai un rendez-vous important. Elle insiste, on ne se refuse pas facilement à Alice Roi : « Je suis chez Helen, une grande photographe, elle est en train de retoucher mes nouvelles photos, tu veux voir ? C'est impressionnant ! J'avais une tête tellement affreuse quand elle les a prises ! »

C'est pas la séance photo du studio Harcourt, mais encore une autre. Alice passe un temps incroyable à ces séances. Je me demande bien pourquoi une « grande photographe » en est réduite à maquiller son travail. Je ne sais pas quelle tête j'aurais, si on me prenait en photo en plein vol. Très innocente et normale, sans doute ? Idéalement, il faudrait capter ce moment pile avant la montée ou la descente, pour tenir quelque chose de ma vérité quand je vole. Comme avec ceux qui ont peur en avion.

Les images défilent sur l'écran, je les regarde à peine, de toute façon elles vont bientôt inonder les magazines. Il y en a une où on dirait moi, mais je n'ai pas le courage de retourner en arrière voir si Alice ne m'a pas renvoyé une de mes photos par erreur. Mais elle revient à la charge : « Tu trouves pas que je suis ton portrait craché sur la quatre ? Helen m'a dit : "J'agrandis le regard, j'augmente le volume des cheveux, vous voulez que j'épaississe un peu les sourcils aussi ? C'est très demandé en ce moment." J'ai fait tout ce que je voulais, et ça donne toi, mais on me reconnaît quand même ! C'est bizarre, non ? Comme sur la photo de Diane, il ne manque pas grand-chose pour que nous soyons pareilles ! » Elle a raison, mais ce que je trouve plus étrange encore, c'est sa volonté de nous faire rejouer à « Nous sommes deux sœurs jumelles », ces derniers temps, comme au collège où nous avions appris la chanson ensemble et nous nommions ainsi. Alice m'avait volé mes lunettes de vue, pour faire l'intellectuelle avec un amoureux. Elle me volait aussi mes amoureux, à vrai dire. On se disputait à mort, la classe entière se divisait en deux camps de partisans de l'une ou de l'autre. Puis on revenait à nos rires, encore plus aimantées. Le jour où un portefeuille Agnès b. avait disparu du sac d'Alice en plein cours, elle m'avait glissé à l'oreille : « Je sais que c'est toi, mais je ne dirai rien et tu resteras ma meilleure amie. » C'était faux, nous le savions toutes les deux, mais nous jouions à y croire. Il y avait un côté *JF partagerait appartement* entre nous, quelque chose qui aurait pu frôler la folie.

J'éteins Waze avant de sortir de l'autoroute. Programmé en langue arabe, révisions en chemin : « *Aistadira ala alyamin* », « *Aineataf lilyasar* »... Les jumeaux se sont mis à ma langue maternelle, je dois faire un effort pour la retrouver. Je la comprends sans bien la parler, et je ne leur ai pas dit que j'en apprenais l'alphabet en même temps qu'eux. Ils s'interrogent :

« Est-ce qu'on est arabes, maman ?

— En partie, oui. Et l'arabe nous entoure ! Le mot "magasin" lui-même vient de l'arabe ! »

Alice a deviné que j'étais arrivée à Saint-Germain-en-Laye, notre ville d'enfance.

« Qu'est-ce que tu fais là-bas ? »

Je n'ai pas le temps de répondre, Helen la rappelle auprès d'elle. Tant mieux.

14

La porte de l'immeuble est toujours aussi lourde. Je suis arrivée à temps pour passer derrière quelqu'un qui sortait. Maintenant, une fois le porche passé, il faut que je puisse avoir accès à l'entrée de service. Heureusement, ça ne tarde pas non plus. Je regarde les noms sur les boîtes à lettres, inégales et cabossées, pas comme celles de l'entrée pour les riches. Je vérifie que le nôtre, « Tameh », est toujours inscrit au gros feutre à même la tôle en soulevant un peu la nouvelle étiquette qui lui a fait place. J'inspire à fond et je me blottis dans le cagibi sous les marches, porte rabattue contre mes genoux. Là, je me sens contenue, enfin rassemblée. Plus de grand écart entre les mondes. « Si maman si, si maman si, maman si tu voyais ma vie... », la chanson de France Gall trotte dans ma tête, comme quand je faisais le mur avec Alice pour rejoindre les night-clubs de la ligne A et leurs dangers pour les mineures.

Quelqu'un vient, je lève un peu la tête pour tenter de regarder à travers le trou de la serrure. C'est Mme Denise, j'ai de la peine pour elle, encore là dans sa petite chambre à son âge. Je ne peux pas non plus surgir d'un bond de ma cachette et l'aider à monter son filet de courses, je lui ferais peur. Chacun de ses pas, son souffle coupé me brisent. Je l'imagine se poser longtemps sur sa chaise, inquiète pour le beurre qui risque de fondre, avant de parvenir à tout ranger, une partie dans le frigo, une partie sur le rebord de la fenêtre. Les conserves, sous le lit. Ensuite, ce sera le rituel de la chicorée, et le sourire reviendra. Encore une journée de gagnée ! Elle peine trop dans l'escalier pour m'entendre.

Je ressors sur la pointe des pieds déposer quelques billets dans sa boîte à lettres, qui ne ferme pas plus à clé que le cagibi en soupente. Je les plie dans un papier, et je marque son nom, je souligne « c'est pour vous, de la part d'une amie de passage » en dessous. À son âge on s'inquiète vite, elle serait capable de ne pas les dépenser. Elle semblait déjà vieille quand, penchée sur moi, elle me demandait si j'apprenais bien à l'école.

Je culpabilise de ne pas monter la voir, mais je ne veux pas retrouver la misère du dernier étage, ni le dos de la vieille femme définitivement courbé.

« Bonne journée, chérie. – Bonne journée, chéri. » Dan aussi est content de son week-end. On a fait l'amour deux fois. Je peux couper mon téléphone maintenant. Je l'aime.

Le sachet de biscuits qui traîne dans mon sac depuis le goûter au parc d'hier m'est bien utile, tant pis pour les souris. J'ai faim !

« Quand je retrouve ma loge, soudain, je n'ai plus d'identité. Je ne suis plus Alice, ni mère, ni citoyenne, ni amoureuse, ni camarade, ni cliente, ni locataire, ni propriétaire, ni patiente, ni fille. Je me dérobe à moi-même et aux autres. » Je vis la même chose que ce que raconte Alice aux journalistes, quand je vole, quand je fréquente Paul... mais aussi quand j'entre dans un cinéma presque vide, ou que je m'enferme sous cet escalier. Une dépossession béate. Si j'oublie que je suis ensevelie sous les six étages qui me séparent du murmure de mon enfance. Et que j'ai froid : l'humidité me glace maintenant les jambes.

Était-ce vraiment pareil chez nous, entre les murs du « pigeonnier » ? Notre logis entier, composé de trois chambres de bonne rassemblées qui se faisaient face, gonflait mon imaginaire enfantin, mais de drôles de choses se murmuraient entre les mamans de l'école sur ces enfants du quartier, toujours fourrés dehors avec des manteaux légers.

Mon collant s'accroche à un clou et se déchire, j'observe la progression du trou puis décide de l'enlever complètement sans sortir de là. C'est périlleux, mais je ne suis pas encore lassée de ma planque. Ça fera sans doute bizarre quand je traverserai la rue pour aller vers la voiture, j'ai peur de me sentir décalée dans mon ancien quartier. J'ai l'impression que je pourrais croiser ma mère traînant son caddie, le regard vide, fixant soudain mes jambes nues sans comprendre. « Toi qui as toujours froid ! » J'irai d'un bon pas, tant pis. Mais non, c'est impossible, elle n'habite plus là. Grâce à Dan, les pionniers Tameh se la coulent douce dans le Sud.

15

J'essaie d'appeler mes parents, mais aucun ne répond. J'ai envie de les entendre parler du temps qu'il fait, de leur promenade de la veille. La taille des oranges au marché, les espadrilles pour jardiner sur la terrasse. Je n'aurais jamais imaginé rêver de leur vie !

Je ne sais pas si c'est une impression, mais de l'eau glacée semble couler le long de mon échine.

Alice ou Dan me reprochent souvent d'oublier d'où je viens. « Tu ne mesures pas la chance que tu as eue de t'en sortir. » D'abord, je ne pense pas comme eux : je ne m'en suis pas *sortie*, j'ai fini par accepter de rester « petite prof », alors que je me croyais comédienne. Mes maîtres de théâtre me disaient la meilleure au Conservatoire. Et maintenant, aucun rôle taillé pour moi ! Le tapis rouge, c'est pour Alice. Je suis donc restée sur le paillasson ? Pas tout à fait, mais… À quarante ans, je me planque encore dans l'humidité de l'escalier de service. Bannie de la chaleur des planches, c'est encore là que je me sens le mieux. Comme si, dehors, allaient se jeter sur moi les bombes racontées par mes parents.

« Tu attends trop que ça tombe du ciel ! » me sermonne encore aujourd'hui mon père, qui a compris que j'avais tiré un trait sur mes étoiles.

« Papa, la force qu'il faut pour conjurer le sort, je ne l'ai pas.

— Provoque le destin, tu vas pas être malheureuse toute ta vie, non ? Ta mère et moi on a dû fuir la guerre, mais toi ? Fais comme Ritta ! »

Ritta, Ritta ! Je jalouse parfois ma cadette, qui danse et touche la Grande Ourse en allumant ses fourneaux. Ou en suivant Mika et Cynthia Khalifeh !

« Je ne suis pas ma sœur. Elle, son plus grand rêve était de construire une famille et une maison !

— Oui, mais elle sait être heureuse, elle profite au moins ! Elle fait des dîners, elle invite des amis, des parents, même éloignés… Toi, on dirait que tu n'as même pas d'amis. À part Alice et ton mari, tu vois qui, dis-moi ? Il n'y a pas des collègues avec qui tu pourrais faire des sorties de temps en temps ?

— Papa, je n'ai pas quatorze ans, je ne cherche pas à me faire des amis à tout prix. Je n'ai jamais été très sociable ; et puis je suis l'aînée, votre malheur a davantage pesé sur mes épaules…

— Tu vas dire qu'on t'a condamnée ? Mais on t'a tout donné, Aïda, la liberté, la France, tu as même fait de bonnes études et tu as un mari et des enfants qui t'aiment ! Tu ne manqueras sans doute jamais de rien…

— C'est si sûr, ça ?

— Oui, c'est si sûr, ça. »

Quand on raccroche sur ce genre de conversation, j'ai envie de le rappeler :

« Papa, c'est pire que ce que tu penses ! Certains jours, la seule personne avec qui j'ai un dialogue en dehors de la maison, c'est une vendeuse (dont je cherche à détourner l'attention), ou un vigile (dont j'ai dû provoquer l'attention). »

Évidemment je m'abstiens. Il serait plus raisonnable de lui inventer une Marine, à lui aussi ! Pourtant, mon père, c'est bien le seul de la famille qui voit le drame derrière la façade. Il sait que je me terre dans l'arrière-boutique, là où le soleil n'entre pas, un endroit secret où je cuve un étrange mal-être. La dernière fois que je l'ai accompagné fumer une chicha « cèdre et agrumes », il s'est arrêté net entre deux volutes pour me regarder droit dans les yeux et me demander si je prenais des drogues ou des médicaments. Au tremblement de ses mains, j'ai senti qu'il se posait la question depuis longtemps et qu'il s'était retenu jusque-là.

« Maman pense comme toi ? »

Il avait secoué la tête. Émue, j'ai failli tout lui avouer, pour les vols. Que j'étais shootée au vol quotidien, entre petites et grandes prises. Peut-être saurait-il m'aider à m'en sortir ? Nous sommes si nombreux à nous enlever à nos vies, chacun à sa manière. Mon père le premier ! Mais, le pauvre, je ne pouvais pas l'ébranler comme ça à son âge.

« Non, papa, je ne *prends* rien. »

Tiens, maintenant que j'y pense, Virgile doit être aussi de ceux qui errent loin de leur âme. Que fait-il là-bas, au Printemps ? Contraint ? Il a l'air si peu boutiquier. D'un simple regard il a semblé saisir en moi quelque chose que nul autre, à part peut-être mon père, n'avait vu… Je me trompe ? A-t-il fui un pays en guerre, lui aussi, jeune étudiant, forcé à jouer le vide-poche derrière les néons ?

Je ne m'en suis pas *sortie*, non, Dan mon amour, Alice mon amie. Maman, papa, Ritta. Mes chers enfants. Quelque chose en moi ne tourne pas rond. Je vole, je vole. Je tournoie au-dessus du système, d'ailleurs c'est mon mantra chaque fois que j'entre dans un magasin : *Il y a toujours une faille dans le système, trouve-la, Aïda, trouve !* Je fronce la truffe, comme une chienne.

Une télé s'allume sur les applaudissements d'une émission de jeux populaire. Ce doit être la gardienne, qui met le son très fort. Je tente de me relever, pour mimer l'actrice qui reçoit des hommages, comme je le fais parfois chez moi devant le miroir, mais le plafond du cagibi est trop bas et les deux images ne se rejoignent pas. J'attends la prochaine salve pour improviser un discours, toute contorsionnée : *Cher public, ne m'applaudissez pas, c'est humiliant. J'ai eu de la chance aussi. Pourquoi est-ce si difficile de faire entendre à ma meilleure amie, comme à mon mari, que j'ai souvent été heureuse, dans mon enfance où ils m'imaginent Cosette ? Pourtant, Alice devrait savoir, on a joué ensemble à l'époque.*

J'entends des gouttes, mon abri se fissure à plusieurs endroits. L'eau est bien réelle et mon dos ne lui suffit plus. Une petite mare noie le fond de ma jupe. Je déplie le bas de mon manteau pour m'asseoir dessus, je ne veux toujours pas sortir.

Ma sœur trouvait déjà que je ne vivais pas tout à fait sur la même planète que les autres. Elle n'a pas volé, mais elle n'a pas toujours aimé les chaussures qu'elle portait. Je lui ai offert des sandales en lamé orange, un modèle souple nommé « Bikini ». Elle, c'est tout à fait son genre. Elles brillent assez pour les soirées libanaises du samedi à la maison où elle peut danser et bavarder jusqu'à l'aube, et aller quand même à l'église le dimanche matin. Elle goûte avec le même plaisir les étoiles sur terre et le bon Dieu au ciel.

Quelqu'un vient ! Quelle heure peut-il bien être ? À toute heure ma mère travaillait, nettoyait, hurlait, tombait malade, son asthme exacerbé par l'humidité au-dessus de nos têtes et des travaux qui ne se feraient jamais. Tout le monde la trouvait digne et courageuse. Elle nous faisait rire en énumérant la liste de ses prétendants. Elle les décrivait, puis : « Celui-là, ah, si j'avais voulu… Et l'autre, là, le garçon de Baalbek qui exportait des bus hérités des Français au Sénégal, lui, oh, si j'avais su ! Mais il n'était pas chrétien, à l'époque, mon père… », clamait ma mère en essorant des deux mains une serpillière dans la baignoire sabot. Elle la tordait d'un coup, montrant soudain une force herculéenne, la modelait en turbine puis la déployait, fière sous nos yeux ébahis. Enfin, elle l'abattait sur un des rebords où celle-ci gisait, vaincue, comme une bête de légende. Ma mère gardait ses larmes pour quand elle nous croyait couchées – les fameuses larmes de la nuit – et que, sans le savoir, elle nous berçait dans ses litanies : « Mon Dieu, viens-moi en aide, pourquoi m'as-tu abandonnée dans ce pays étranger ? Mon Dieu, sors-nous de ce gourbi, *êmm, bayyé*, mes chers parents, vous avez préféré mourir au village, envoyez les anges pour qu'on s'en sorte… » Mon père devait travailler très tard ces soirs-là ; je ne le vois pas sur cette carte postale.

J'ai l'air de m'être fait pipi dessus, maintenant, c'est malin. Ou bien je me suis vraiment fait pipi dessus ? Avec cette jupe en soie rose fuchsia, fauchée sur la côte basque, dans un hall d'hôtel de luxe. Comment vais-je faire pour la rattraper ?

Les pas d'enfants qui rentrent déjeuner à midi me ramènent à moi. Leur bavardage m'attendrit. Soudain, j'ai hâte de retrouver Dina-Charbel ce soir, de fourrer mon nez dans leur cou puis d'entendre la clé de Dan tourner dans la porte quand ils se sont bien endormis. Surgir du cagibi et bondir vers lui, à la lumière chaude du couloir, avec ma tête recomposée. J'ai assez évacué pour aujourd'hui, ma jupe volée en témoigne. Oui, soudain, j'ai de nouveau hâte de ma vie capitonnée.

« Ça a été ta journée, chéri ? – Oui, et toi, chérie ? – *Tutto a posto*, j'ai ouvert une bonne bouteille de graves. » C'est en tout cas comme ça que je vois les choses au moment où je rebrousse chemin, apaisée par ma disparition. Avant que le riche présent ne me reprenne et ne m'engloutisse à nouveau dans ses allées.

16

Je fais un détour innocent par le Monoprix de mon enfance : je dois racheter des biscuits pour les goûters. Je l'ai connu quand il était Prisunic, je le précise avec une sorte de fierté chaque fois que je ricoche par là avec Dina-Charbel, pour une balade en forêt. Devant la première rangée de caisses, ma tête me rejoue les slogans sonores. J'esquisse quelques pas de danse derrière les manteaux, discrètement, et je leur donne la réplique.

Monoprix, on pense à vous, tous les, tous les, tous les jours !

Moi aussi !

Monoprix, on fait quoi pour vous aujourd'hui ?

Moi je sais !

Le diable qui agite ma cervelle a de l'humour aujourd'hui, on dirait. Trop tard pour courir à la voiture, je suis captive, j'ai chaud, je ne sens plus l'humidité de ma jupe, ou alors elle se mêle à la sueur qui me glisse dans le dos. J'ai oublié pourquoi je suis entrée cette fois. Alors que je tripote un antivol sur une paire de bottines à paillettes, Alice me rappelle. Par chance, ça capte pour une fois !

« Aïda, ça va ? Tu étais où, tu as complètement disparu ! Faut que je te raconte ! Hier, j'ai rencontré Howardson, le grand réal irlandais, il me propose le rôle du siècle, et tu sais ce qu'il m'a dit ? "Au théâtre, on vous propose des rôles trop grands pour vous, au cinéma, on vous propose des rôles trop petits… J'aimerais vous ajuster !"

— Oh, génial ! Et il a vraiment dit "ajuster" ? Il t'a dit ça en français ?

— Non, en anglais… J'arrêtais pas de lui répondre "Yes, sir", "No, sir", parce que j'étais extasiée. Il a fini par s'agacer : "Alice, don't 'sir' me !" Je vais devoir te laisser, suis à une autre séance de shooting, on fait l'affiche pour le théâtre. Tu es où, là ? J'ai l'impression que ça ne capte pas bien ! Je ne te vois pas ?

— Je n'ai pas envie de mettre la caméra, j'ai une sale tête aujourd'hui, mais ne t'inquiète pas, je te vois, moi ! Il est beau ton pull bleu… Ah, il a un grand décolleté dans le dos, montre. Superbe ! Saab aussi ? »

Je place un manteau le long de mon corps, devant un miroir, comme pour voir s'il me va bien. Une pensée me traverse : la fille qui me regarde n'est pas moi. Enfin… C'est difficile à exprimer et je ne sais pas à quoi tout cela tient, mais… Elle ressemble plus à une Alice qu'à une Aïda, et cette idée m'enchante autant qu'elle me bouleverse. « Quand je monte sur scène, je vois un miroir. Et je me jette dans ce miroir comme dans les bras d'une amie chère », a confié Alice à une journaliste de *Vogue*. Mon manteau du jour (le fameux Max Mara) coûte bien plus cher que celui que je convoite ici, mais, si je me projette avec lui dans le miroir, je deviens quelqu'un d'autre, je répète une scène.

« Je me disais… Ça ne veut pas dire grand-chose en même temps, au cinéma tout le monde est "trop grand", quand on regarde un film dans une salle obscure, les têtes des acteurs font plusieurs fois les nôtres. Un peuple de Titans ! Tu te souviens, chez toi, quand ton père nous avait passé *Nosferatu* ? On avait l'âge des jumeaux ! Tu me vois leur montrer ça ? *Seriously ?* »

On rit de bon cœur, on adore jouer à prononcer *seriously?* le plus expressivement possible. C'est-à-dire à la manière des actrices des zones pavillonnaires dans les séries américaines. Tandis que je manipule encore le manteau contre moi d'une main, mon téléphone tombe et se fissure. Je ne m'en inquiète pas plus que ça, il est côté face et Alice continue à me parler d'en bas, elle évoque avec de grands gestes l'apparition du vampire de Murnau et l'impression que nous avions eue qu'il allait se jeter sur nous. Alice avait une salle de projection dans sa maison de maître, elle s'y voyait déjà, de l'autre côté, sur la toile, encouragée par ses parents, souvent filmée en super-8. Chez nous, c'était le cinéma aussi, les nombreuses coupures d'électricité nous permettaient d'allumer des chandelles, et de faire des jeux d'ombres à l'infini. J'ai volé une enfance heureuse au destin. Avec Alice, que j'ai suivie au Conservatoire, j'ai rêvé sous le regard des maîtres que je pourrais être quelqu'un d'aussi important et d'aussi beau qu'une actrice, ce qui semblait naturel à Alice dès le premier âge. La misère, c'est quand j'erre mi-folle dans les magasins sans savoir pourquoi.

« Tu me le prêteras, ton pull ? Il m'a l'air à la fois chaud et habillé, idéal pour une soirée !

— Et il est assez long pour le mettre comme ça, juste en robe ! T'as un truc de prévu avec Dan bientôt ? »

Ça fait longtemps que je n'ai pas fait de « truc » avec Dan ! Il va falloir y remédier... À vrai dire, je pensais plutôt à Paul, pour ce pull ; j'ai honte, l'heure est peut-être grave. Je dois me souvenir que je ne peux rien attendre de Paul, et que de toute façon c'est mieux ainsi.

« C'est Dan que j'aime, il n'y a pas de sauveur, c'est Dan que j'aime, il n'y a pas de sauveur. » Je me tape sur la tête en rythme, en même temps que je le pense, ce qui attire le regard d'une manutentionnaire à qui je souris largement.

J'espère dissiper ses doutes sur ma santé mentale, que je vois s'afficher les uns après les autres sur les plis de ses paupières.

Je réponds : « Bientôt, oui ! Je crois que le *board* a prévu une *Christmas party* anticipée à Paris, tu sais qu'ils n'y vont pas avec le dos de la cuiller, côté festivités. »

La manutentionnaire jette un dernier regard vers moi, fixe avec mélancolie le téléphone au sol en ajustant une robe sur un cintre. J'ai dû oublier quelque part que ce que je foule du pied, c'est son salaire.

Rester évasive avec Alice, mensongère, même avec elle. C'est le prix à payer pour rester libre de m'enfermer. J'hésite à lui dire que je suis au Monoprix. Elle est au courant pour mes vols, qu'elle condamne, mais pas pour les raisons que vous imaginez. Elle les trouve trop « petits », eux aussi. Un peu trop sans conséquence, presque sans risque, indignes de ma personnalité enfouie sous un tas d'excuses et de cachemires. De lignes de fuite formées dans les rayons de ma conscience comme ceux des magasins. Elle m'engueule : « Tu vas aller te faire humilier pour une bougie, une babiole, une babouche ? » Alice a gardé le goût des allitérations depuis le Conservatoire… Elle parle aussi de ma « petite adrénaline », de mes « petits vols », qui sont autant de façons pour moi de rester « petite ». La « petite prof » douce imaginée par Dan. Fabriquée par lui, peut-être.

Alice me rappelle pendant sa pause ; je lui dis finalement où j'étais, mais que je n'ai rien pris. Elle soupire quand même, elle ne me croit pas. C'est pourtant vrai : entre ma conversation téléphone à terre et mes tapes sur la tête, je m'étais grillée d'avance. Et peut-être le voulais-je, par lassitude ou dignité.

« Ne perds plus ton temps comme ça, c'est la lose… Tu es une vraie actrice, Aïda, remets-toi aux castings, Mounir a bien joué Hippolyte aux Amandiers ! Bats-toi, les temps changent, tu pourras bientôt jouer Chimène et Roxane, le *color blindness* progresse partout dans le monde, les noms d'Arabes se multiplient dans les génériques, et pas que sur les postes techniques. En plus, pardon, mais tu es libanaise ! Cette fois, je te présente absolument à la *team* de Basil, dès qu'il revient à Paris. Bats-toi, Aïda, sois fidèle à ton opéra, et quand tu voles, vole en grand aussi, vole très haut, comme Winona Ryder, Béatrice Dalle, qui sais-je encore, au moins éclate-toi vraiment, *diamonds are a girl's best friend* ! » Elle m'avait pourtant répété mille fois que lorsqu'elle était simple figurante à la Comédie-Française, des actrices, et pas des moindres, volaient parfois un rouge à lèvres ou une bêtise du genre avant de monter sur scène, pour se galvaniser. La « griserie pathétique du vol de maquillage », comme elle l'appelait.

Avant de raccrocher, Alice m'assène un dernier : « Tes petits vols n'excitent et n'angoissent que toi, ma pauvre Aïda, tout le monde s'en fout, la preuve : même quand tu es prise la main dans le sac, on te raccompagne souvent à la porte comme une Lady Macbeth en délire. Va plus loin, ma chérie, fais-toi remarquer, finis en prison où tu enseigneras *Les Misérables* à des taulards. Mouille ta chemise enfin, sors tes tripes, ne mise pas petit, tu es une grande ! Fini la mansarde, l'escalier de service ! Déploie-toi ! »

Elle est un peu trop bavarde, je me demande si elle n'a pas pris un brin de coke. Chacune son shoot matinal. « Le voleur est comme sous LSD, il a des yeux dans le dos », témoignent des repris de justice. Pour la faire redescendre (et moi remonter), je lui demande si elle connaît le pâturage d'origine de son pull qui m'a tout l'air d'être une bête de cachemire. Elle ne sait pas, c'est un cadeau de son agent, la ligne a paraît-il été lancée par Brad Pitt. « C'est pas un Saab, j'ai pas osé te répondre tout à l'heure car je trompe le

Libanais avec un Américain, mais juste pour cette pièce, tu me pardonnes, j'espère ? »

Il me reste deux bonnes heures avant le cours des terminales, je ne vais pas tout sécher aujourd'hui. Je retourne à ma rêverie solitaire du Monoprix. Hop hop hop ! (pour m'encourager, cette expression a remplacé dans mon esprit le « Hip hop, Prisunic ! » de mon enfance) j'y retourne donc, la manutentionnaire est sans doute partie déjeuner, le magasin se remplit de ceux qui à leur tour cherchent balade ou pitance. À nous deux les caméras, action ! En cinq minutes je mets pour deux cents euros de produits dans mes poches, la plupart ne sont pas protégés, je défais les bandes magnétiques des autres et je les colle discrètement où je peux, comme Dina-Charbel avec leurs « mickeys ». Souvent, elles s'accrochent à mes doigts, je dois faire preuve d'agilité pour les rouler en boule et les évacuer. À la sortie, je soutiens le regard du vigile qui a un doute. J'hésite à faire demi-tour et à tout déposer quelque part, mais ça me rendrait encore plus louche à cet instant. Il regarde mes poches trop épaisses, déformées. Je le paralyse du regard, l'emmène ailleurs. C'est une corrida, je ne calcule rien. Je le tiens comme ça, maintenu en suspens dans les airs. Il lève la main, je pince le lobe de mon oreille droite pour me donner une contenance, un truc que m'a donné Alice. Le visage du vigile se crispe de douleur. Impuissant, il baisse le bras… Il m'a perdue, je vais jouir avec culpabilité et il n'aura pas son orgasme.

Mon butin de petits vols quotidiens, mis bout à bout, se chiffre à plusieurs milliers d'euros les « bons » mois. J'additionne et je me challenge, ça me fait tourner la tête, je claironne : « Cet automne, tout cumulé, ça te fait le salaire d'une pensionnaire de la Comédie-Française. » Ça monte vite, avec le coût fou des choses. En quelques instants,

Mme de Boves avait volé pour « quatorze mille francs de dentelles environ ». Au moins était-ce de la belle prise, une joie de qualité ! Dans nos bonheurs, des sacs qui paraissent fiers et éternels sous les projecteurs se fanent en quelques soirs à la lueur des réverbères. Oui, la plupart des choses chères ne valent rien. À les désirer, je m'appauvris de l'intérieur comme une peau de chagrin.

17

Je garde la charlotte de la douche sur la tête, sous les yeux ébahis des enfants. Elle dégouline contre le canapé, sacrilège ! Eux aussi imaginent le regard de Dan sur la scène. S'il était là, il rongerait son frein.

« Venez près de moi, les enfants, c'est fête, vous pouvez sauter dessus ! Comme chez tata Ritta ! » Je tente, mais seul Charbel me rejoint. Dina murmure : « Je vais le dire à papa ! » Je lui balance un coussin. « Certainement pas ! »

On rigole, mais je dois reprendre mon sérieux.

Beaucoup d'infos sur Google. Je fouille, je fouille... Non pas à la recherche de la bonne affaire pour les vacances, comme je l'annonce à Rada qui m'observe du coin de l'œil tandis qu'elle peigne Dina assise à ses pieds. Mais à ce qui pourrait m'aider à me tirer d'affaire. Paul a annulé à la dernière minute, ce mercredi, il a une angine et il craint que ça ne s'aggrave avec la clim du Masque. Un comédien qui perd sa voix, c'est moyen. « On se voit bientôt, ma coquine ? » Il faut que je trouve un autre dérivatif pour ne pas voler en cet après-midi de liberté. Mieux ! Que je guérisse, parce que m'entortiller dans des porte-jarretelles à l'heure où Dina va à la danse, c'est moyen aussi.

« La kleptomanie est traitée par une thérapie comportementale et cognitive. Celle-ci consiste notamment en une analyse des pensées dysfonctionnelles et une restriction cognitive. L'intérêt de cette approche est qu'elle permet au patient de trouver un soulagement rapide. Cette thérapie nécessite cependant une volonté de changement importante… »

« 90 % des kleptomanes sont des femmes, comme pour la boulimie, je ne sais pas pourquoi, est-ce hormonal ? psychologique ? une autre conséquence de leur invisibilisation ? »

« Un cycle se crée : un sentiment de malaise, une tension, puis un soulagement au moment du passage à l'acte… Montée de dopamine, tout ça devient un rituel imprégné dans le cerveau des habitudes. Si on ne le fait pas, on est submergé par l'angoisse. »

« Elles reviennent toujours là où elles ont réussi à voler… »

« Des expériences avec les rongeurs… »

J'étais partie sur une recherche sérieuse et voici que j'éclate de rire en imaginant une ribambelle de souris rebrousser chemin avec des rouges à lèvres qu'elles essaient ensemble une fois leur trou retrouvé. Je leur prête la voix de Stuart Little et je monte la scène :

« Tu préfères le rouge pivoine ou le rouge Hollywood ?

— Je ne sais pas, moi j'ai pris la référence 102, c'est un rose Las Vegas.

— Il a bien failli nous attraper, le chat noir, cette fois ! »

Mais bon, c'est vrai qu'il va falloir que je trouve une solution. Marrant, plusieurs psychiatres qui traitent la kleptomanie à Paris sont libanais. Hantouche, Mokkadem… Car, oui, ne raillez pas, je suis malade, vraiment malade. Je ne dois pas en plaisanter non plus, ils disent que je souffre, que je suis prisonnière d'une sorte de « triangle entre dépression, obsession et addiction ». Ils disent que je ne sais plus m'arrêter, que je dois consulter. Je ne sais plus, j'ai peur, et je ne veux surtout pas que Dan sache. Il travaille, sort ou court avec des pontes de la médecine. Tout le monde se connaît dans ce milieu, car je dois m'en prendre un bon si je veux guérir, sinon, autant aller frapper à la porte du Hadj Mamba, le marabout de la Chapelle. Il y a la loi du secret et il y a, plus fort que tout, le « téléphone arabe ».

Je cherche quoi, au fond : à me rassurer, ou à m'inquiéter sur mon état ? La myriade de témoignages des pratiquantes et des praticiens m'excite soudain au point que je bondis hors du canapé pour aller m'enfermer dans ma chambre. Charbel vient toquer, mais je n'ouvre pas. Il insiste : « Ouvre, ouvre, maman, je veux te raconter l'histoire de Prométhée, on a écouté ça à l'école ! Ouvre, s'il te plaît, maman, je veux juste savoir si c'est vrai qu'il a volé le feu aux dieux, et si c'est le même feu qu'il y a dans notre cheminée. » Je ne réponds même pas que je vais venir dans un instant ; mon fils ne supporte pas que je m'enferme, je sais qu'il va se mettre à tambouriner comme un malade si je ne lui ouvre pas la porte. Pas comme Dina qui se sent libérée, soulagée même, chaque fois que je mets une porte entre elle et moi. « Ah, enfin, on peut être tranquilles », dit-elle avec ses mots de fillette. Elle a compris que je suis peu fréquentable.

« Viens, je vais te raconter ma version, mon chéri, et ensuite silence ! Maman travaille. Reprenons. Oui, bien sûr que ce mythe est vrai ! Le plus drôle, c'est que Prométhée, qui a volé le feu aux dieux pour le donner aux hommes qui en avaient besoin pour faire rôtir leurs marshmallows, l'a caché dans devine quoi ?

— *Fon* manteau ? »

Mon fils frotte sa tête contre ma joue, je ne sais pas s'il zozote à nouveau pour de vrai, ou s'il veut faire « le bébé à sa maman ». Je devrais reprendre rendez-vous chez l'orthophoniste, quand même. Avoir eu deux enfants en même temps a été l'un des drames heureux de ma vie. « Tu as le bonheur anxieux... » Oui, Dan, mon amour. J'ai tellement prié, coupable, quand deux cœurs ont battu à l'échographie, pour que l'un des deux ne survive pas. Quelle criminelle. Je reste encore aujourd'hui fuyante avec eux, surtout face à Dina dont je lis comme un continuel reproche dans les yeux, mais je m'accroche et j'essaie de ne pas leur voler leur enfance. Je ne pense pas qu'ils soient malheureux. On fait souvent des activités tous les trois, cinéma, théâtre, musée, Guignol, piscine, beaucoup de piscine. Ça me lave la tête ! Comme je dois être la seule mère qui n'a pas peur de voir ses enfants se noyer dans une piscine collective (j'ai vérifié : ça arrive seulement une fois tous les dix ans, et plutôt dans des parcs aquatiques bondés), je les laisse s'amuser ensemble et je nage à en perdre haleine, dans le grand bassin. Je joue à me faire des frayeurs à chaque longueur, puis je relève la tête quand elle cogne la ligne des plongeoirs.

Là, je sursaute presque : *Surprise, miracle, ils sont toujours là, et bien vivants ! Ce sont mes enfants ! Pourquoi est-ce que personne ne me les vole ? Prenez-les, je n'aurai peut-être pas assez de courage pour continuer de jouer à la double maman pendant des lustres !*

Je leur fais signe de la main avant de reprendre en sens inverse, mais c'est pour la forme, ils ne regardent pas dans ma direction. Dans l'eau, ils ont toujours eu un monde à eux, qui les protège de tout. Y compris de moi. Une mère m'avait crié dessus un jour : « Vous êtes folle de les laisser tout seuls, ils savent à peine nager ! » Je lui avais répondu qu'il fallait se fier au darwinisme, ou au *mektoub* : s'ils devaient survivre, ils survivraient ! Si tel n'était pas leur ADN ou leur destin, quoi que je fasse pour les couver, ils périraient, en piscine, en mer ou même dans leur bain ! Le problème, c'est que les maîtres-nageurs, alertés par la bique, avaient aussi compris que je les laissais « sans surveillance parentale », et que les mères à bonnet rouge qui faisaient toujours les mêmes exercices à une brassée de là n'étaient pas les leurs.

« Maman, il a des frères et sœurs, Prométhée ?

— Oui, je ne me souviens pas de tous, mais il y a bien au moins Atlas et Épiméthée.

— Il s'appelle Épiméthée parce que c'est *fon* frère jumeau ? »

Peut-être que si je n'en avais eu qu'un, je l'aurais englouti dans mon délire sournois, mais qu'à deux, ils sont d'abord le miroir l'un de l'autre. Je ne suis qu'une option, lointaine et proche, je forme pour eux avec Dan cette entité protectrice qui s'appelle « les parents », qui emmène à l'école, nourrit, soigne, explique le monde avec des mots vaillants. Je peux m'évaporer, voguer dans les airs, renverser tout mon sac à la recherche des passeports, nerveuse, leur vie est belle quand même car Dan est solide, Dan est beau, Dan est bon, organisé… C'est vraiment le papa idéal, sur lequel se retournent toutes les mères. Sa façon de demander une baguette à la boulangère, de tendre la monnaie, à la fois naturelle et différente, inimitable… Même en tenue de sport, Dan ne passe jamais inaperçu, aussi parce qu'il est roux. Vous l'aurez compris, je serais perdue sans lui, je serais une mauvaise mère dans une prison bien plus étroite où ça ne rigole pas.

Mon père dit avec son humour levantin que « Dan, c'est de la bonne qualité ». Le seul défaut de Dan, à part sa maniaquerie, c'est qu'il ne supporte pas la musique orientale. Fayrouz à fond dans la voiture, c'est quand je roule seule vers Saint-Germain-en-Laye. Il a acheté un appartement à Nice, un « placement » au bord de la mer où mes parents vivent grâce à lui une retraite heureuse qui leur permet de rêver au Liban, le soir, assis sur un banc. C'est bizarre, en ce moment il fait estimer notre appartement, légué par sa tante sans enfants, comme s'il comptait le vendre. Je ne veux surtout pas. Perdue dans une autre vie à construire, comment me retiendrais-je de poser les jalons d'une nouvelle chasse au trésor ?

« Alors, maman, c'est dans *fon* manteau ?

— Tu es content, Charbel ?

— Oui, je suis content, maman.

— Moi aussi je suis contente, mon chéri. C'est dans une tige de fenouil que Prométhée cache le feu ! Le fenouil, c'est ce qu'ajoute parfois Rada dans la mamaliga, mais elle, elle ne met que les graines. »

Charbel ne me demande pas si la tige ne risque pas de brûler… Dina aurait bondi sur cette incohérence, mythe ou pas mythe ! Je ne sais pour lequel des deux je dois le plus m'inquiéter, au fond. Qui, de mon fils ou de ma fille, risque le plus de reprendre la tare maternelle ? Qui, le flambeau paternel ? Épiméthée, « celui qui réfléchit après ». Prométhée, « celui qui réfléchit avant »…

« Maman, tu ne sors pas ? »

Dina rapplique dans la chambre, suivie par le pas lent et doux de Rada qui la réprimande : « Je t'ai dit, petite, dérange pas maman, pour une fois qu'elle se repose. » Je regarde Rada avec une reconnaissance infinie dans les yeux, elle voit ma fatigue. Avec ses dons de Gitane, elle lit dans mes paumes sans que je lui tende les mains. Même Dan ne me prend pas tout à fait au sérieux quand il croit me consoler avec son « Chérie, tu as le bonheur anxieux ». Il se rassure plutôt sur mon compte à peu de frais ! Rada m'aide et me console.

« Rada, j'ai un coup de fil à passer, urgent. Après, je sors ! On ira au cinéma toutes les deux un samedi, si vous voulez bien de moi ? On pourra parler tranquillement dans un café avant, j'aimerais bien qu'on se raconte plus nos vies. Vous allez bien en ce moment ? Personne ne vous embête dans l'immeuble ?

— Madame, merci, on parle une autre fois, venez, les enfants. Reposez-vous avant de sortir, madame, vous fatiguée. »

Là, j'admets qu'elle exagère : Rada me parle maintenant comme une parente en visite à l'hôpital, elle se retire de ma chambre en poussant les enfants à sortir sur la pointe des pieds, à grand renfort de « Chut, c'est calme maintenant ». Je ne suis pas mourante ! Même quand il me prend l'envie de disparaître, je n'atteins pas ce stade-là : je continue simplement de rouler ma bosse douloureuse d'un bout à l'autre de la ville, les épaules plus ou moins rentrées. Je peux dire en ce sens que voler m'aide à vivre… Mais je n'ai plus de temps à perdre pour « trouver autre chose » de plus digne et moins dangereux. Sinon, je vais encore reporter pour des siècles et des siècles.

Je poursuis mes recherches quelques minutes. « Guérir de la kleptomanie. » Il y a bien une psychanalyste qui m'intéresse dans le lot, son discours est différent, très porté sur la « cause sexuelle » de la kleptomanie. Je la voudrais tant ! Je l'ai déjà entendue s'exprimer sur France Inter, invitée du 7-9 ; elle écrit des romans également, elle pourrait trouver les mots qui aideraient une « petite prof » en déroute. « Dans son sac, la femme porte le poids de sa famille », avait-elle commenté, reprenant les paroles d'un sociologue en réponse à l'humoriste qui se moquait en direct de sa manière de le tenir… Ça changeait un peu de l'assimilation du sac au vagin, mais ça se rejoignait aussi, par certains côtés. Enfin, une femme est une femme, un sac est un sac ! Elle avait aussi prononcé cette phrase qui m'avait captivée, cette idée que « la mélancolie, c'est un passé qui ne passe pas ».

Alice m'écrit qu'une amie commune m'avait aperçue place de la Bourse et que, selon ses dires, j'avais l'air très pâle, malgré l'alpaga lumineux de mon nouveau manteau. Elle l'avait vu d'abord car elle rêvait du même. Je répondrai plus tard… Mais, pour l'heure, je pars !

« Rada, je sors finalement, de retour à 18 heures, la baby-sitter arrive bientôt, je reste joignable !

— Vous inquiétez pas, madame Aïda, allez changer les idées, faire des couleurs sur le visage ! »

Voilà, voilà… Qu'est-ce qu'elles ont toutes à me trouver l'air malade en ce moment ? Dan me l'aurait dit, même si on ne se voit pas trop ces derniers temps. Quand il est là, il me regarde longuement, très longuement. Un peu de rose aux joues, et me voilà prête.

18

Je baisse les yeux quand je croise une mère dévouée, chargée de l'attirail du poney-club ou des raquettes de tennis. Ah, ces mamans « Decathlon », comme elles forcent mon admiration ! Même quand elles se fâchent, elles ont l'air d'aimer leur marathon quotidien. C'est ça dont rêveraient mes enfants ? Que j'enfile des baskets en même temps qu'eux ? L'heure n'est plus au doute, maintenant que je m'en suis libérée ! Je leur rapporterai les gros oursons à la guimauve qu'ils adorent.

Ligne 10, destination Cluny-La Sorbonne, le métro arrive dans deux minutes, tout est limpide, jusqu'à la météo, et ça ne fera pas de mal, un petit pèlerinage de plus. Non, je ne pousserai pas jusqu'à Sèvres-Babylone, je me le jure, fini tout ça. Je compte bien arriver à 14 h 30 pour une séance du cycle Buster Keaton au Champo. Rire, j'ai envie de rire ! Dire qu'il m'a fallu attendre de rencontrer Dan à vingt-cinq ans pour apprendre à pousser la porte de l'un de ces cinémas poussiéreux du Quartier latin et découvrir les cycles pointus des cinémathèques. J'aurais pu être la caution culturelle du couple, mais non, même dans ce domaine, Dan me bat à plates coutures. Le cinéma, la peinture, la sculpture… Monsieur Zadkine connaît tout ! Je remonte péniblement la rue, j'ai l'impression que mes chaussures sont serrées, où donc les ai-je prises, celles-là ? Ce sont les Céline, je me souviens, celles qui sont ostensiblement en peau de poulain, mises pour ma première fois avec Paul. Il faudrait que je pense à les porter, mercredi prochain, pour fêter nos retrouvailles. Je m'imagine en frotter le crin contre ses jambes.

« C'est complet ! m'annonce l'ouvreuse alors que je n'ai pas fini de pousser la porte.

— Il ne reste même pas un strapontin ? Étrange pour un vieux film… »

Condamnée à reprendre mon errance, je tente un ou deux autres cinémas mais rien ne me plaît, ou bien ce n'est plus l'heure. J'ai emmené Dina-Charbel au Champo une fois, voir le *Pinocchio* de Comencini, mais ils ont tous les deux eu si peur qu'ils ont pleuré comme des madeleines. J'ai soudain envie de me cacher pour larmoyer, moi aussi, mais où aller ? Mon diable me dit que la cabine d'essayage d'un magasin est une option. Je la balaie, je suis en sevrage. Paul me manque. Parce qu'il a annulé. Et parce qu'il me rend dangereusement libre de mon mercredi après-midi.

Je tente un tour au jardin du Luxembourg, mais les petits cailloux de l'allée centrale égratignent mes talons. Prométhée, « celui qui réfléchit avant », Épiméthée, « celui qui réfléchit après »… J'ai encore tiré la bonne carte, on dirait. Je ne suis pas aussi grande qu'Alice, je suis même un peu petite. Sans talons, j'ai l'impression que je ne survivrais pas à son ombre. Au début, avec Dan, je portais des mules hautes à la maison. Avec de la fourrure en hiver. Je prenais un air si naturel qu'il ne remarquait pas la vanité. Ou le côté « à la libanaise ».

Un petit vent froid roule sur mes jambes, je ne l'avais pas senti arriver. Il faut que je me remette en marche… Je tourne la tête dans tous les sens à la recherche d'une idée, je ne vais tout de même pas rentrer ! Quoique les enfants doivent être chacun à leur activité, ce qui me laisserait le temps d'une sieste. Je m'approche d'une annonce pour figuration placardée à un réverbère, par curiosité, quand un message de Dan fait vibrer mon téléphone. Je frémis, je ne sais même plus quand est son vol retour ; serait-il déjà rentré des États-Unis ?

« Réfléchis, ma chérie, à un endroit où on pourrait tous les deux passer quelques jours entre Noël et le nouvel an : ma mère garde les *kids*, changement de programme, on met les voiles sans eux ! On n'a pas beaucoup passé de temps ensemble, cette année, je suis beaucoup parti… Tu ne m'as rien reproché et je t'aime encore plus pour ça, mais on doit rattraper le temps perdu, tu me manques. J'ai un dîner de travail avec d'autres membres de Big Pharma ce soir, il y a un gros brevet qui expire cet hiver ! Tu entends ? Je suis à JFK, mon vol pour Chicago décolle dans quelques minutes ! Je t'appellerai tard, j'espère que tout va bien à la maison. J'ai hâte de vous retrouver, de me serrer contre toi, de t'embrasser pour de vrai. »

Rouge comme une fleur d'hibiscus, je m'accroche à l'une des barres du portail du jardin. Dan commence toujours avec « Réfléchis, chérie »… et finit par m'imposer son choix (qui de toute façon est déjà fait au moment où il me demande d'y réfléchir), tout en me faisant croire que c'est le mien d'une façon si habile, progressive et indécelable que même Alice finit par me dire que je me fais des films et que j'ai toujours voulu aller à cet endroit. J'ai parfois l'impression que Dan me vole jusqu'à ma propre conscience de moi-même et de mes désirs, mais il reste irréprochable et talentueux dans ses choix, de sorte que j'hésite à le confondre ouvertement. Je ne vais tout de même pas me plaindre d'aller à Positano ou à Santiago ! Et je n'oserais jamais parler de nos hôtels en salle des profs :

Dan écoule généreusement dans nos voyages je ne sais quels beaux dividendes en dollars envoyés à la pelle par le *board*. Le mot est resté magique dans sa bouche, alors que je continue à le prononcer comme un crapaud qui coasse. Quand j'y pense, Alice travaille les différents accents anglais du monde depuis des lustres avec un coach. Elle se tenait prête pour un Howardson !

Je dois avoir un drôle d'air, maintenant ; le marchand de marrons chauds me propose son tabouret.

« Pour vous, madame. »

Je décline. En haut de la rue Soufflot, le Panthéon me tend les bras, c'est là-bas que je dois aller. Je n'y ai jamais mis les pieds, c'est un comble ! « Réfléchis, chérie », il est mignon mon Dan, il faudrait déjà que je me décide pour une destination maintenant... Quand j'y pense, il suffirait que je traverse le jardin pour rejoindre le Bon Marché. Je pourrais, qui sait, repartir avec des chaussures plus confortables cette fois, me calmer les nerfs et les pieds d'un seul coup ! Un shoot de *shoes* ! Pendant la « sortie » que nous avions faite à trois, avec Paul, Armand s'était écrié, levant haut sa coupe de champagne : « Est-ce qu'elles ne sont pas magnifiques, les chaussures d'Aïda ? »

Je suis vexée que l'ami de Paul ne m'ait pas reconnue, mais je ne l'avais pas reconnu tout de suite non plus, en réalité. Je devrais peut-être me mettre aux chaussures plates. En définitive, je suis sûre que ça aide à choisir son chemin.

19

Face à la glace, je répète la scène que je vais jouer chez la prochaine psy. J'ai besoin de théâtraliser ce premier rendez-vous avec elle, sinon, je pense que je ne parviendrai pas à me prendre au sérieux. Ni peut-être même à y aller. Et puis, je ne suis pas la reine du lâcher-prise… Sauf au moment de mes pulsions où je ne contrôle plus rien. Ou plutôt, « presque » plus rien.

Bizarre, j'imagine le cabinet comme un boudoir du temps du *Bonheur des dames*, une grande pièce aux tentures de soie rouge et bouton d'or, sertie de causeuses et de méridiennes richement capitonnées. Dans un angle, une toilette de marbre, surmontée d'un miroir en triptyque. Un peu comme dans cet hôtel où Armand, Paul et moi… passons.

Pour commencer, je répète les hochements de tête de la psy, aussi pour me détendre la nuque, puis je me lance :

« Madame… Docteur ! Voilà, ça ne peut plus durer. Je sais qu'à vous, ça ne paraîtra pas superficiel. Je souffre le martyre, c'est au point que j'ai peur de partir en vacances avec mon mari, peur de ne pas réussir à m'empêcher de voler dans son dos et de me faire prendre. Il ne m'aimerait plus, vous comprenez, il aurait honte de moi, c'est le pire des scénarios. »

Didascalie : Elle me tend (donc je me tends) un paquet de mouchoirs. Je peste intérieurement contre Dina-Charbel car il n'en reste qu'un dans le paquet, puis je reprends la répétition.

« Après des crises frénétiques et répétées, j'appelle mon mari pour vérifier dans sa voix qu'il est toujours amoureux, sûr de moi, et ne se doute de rien, puis toujours Alice. Épuisée, à bout de tout, si par bonheur elle peut répondre entre deux mondanités ou deux tournages, je lui dis : "Les petits vols me fatiguent, je suis au bord du *burn-out*, c'est une tension permanente." J'arrête une semaine, un mois, un an. Le mieux pour y parvenir : je me débrouille pour me faire prendre, je me jette dans la gueule du loup, comme avec le sac du Printemps (je vous raconterai mieux cet épisode la prochaine fois). Je redeviens une gosse, je cherche la limite. Le moment où je tends ma carte d'identité calme mes ardeurs pour un moment. Adélaïde, Doris, Michèle Zadkine, née Tameh. Je suis libanaise, je vous l'ai dit ? Vous m'avez trouvé une tête d'Arabe, non ? Mais vous vous êtes posé des questions avec mon nom d'épouse, c'est important le nom en analyse je crois bien… Avec la circonstance aggravante de ma grossesse gémellaire, je pensais que ce serait la vraie fin…

— Hum, hum ?

— Il y a comme des répliques sismiques : souvent, au moment d'un énième sevrage, je repique un jour ou deux encore pour vérifier que je contrôle la situation, parce que personne d'autre ne le fera à ma place. Le seul jour où j'ai eu une convocation au tribunal pour "rappel à la loi", je devais partir avec Alice fêter son anniversaire. J'ai appelé pour dire que je ne pourrais pas venir car je serais en long week-end dans ma maison de campagne, pour une affaire de famille. J'ai précisé : "À Tourville-en-Auge, c'est en Normandie, dans le Calvados. À peine deux cents habitants, des chevaux roux et une belle église, vous voyez ?", et aussi : "Pouvez-vous me proposer un autre rendez-vous ?" Ça a fait rire l'officière : "On passe l'éponge pour cette fois, madame, ne recommencez pas !" Que me serait-il arrivé autrement ? Inscription au casier judiciaire ? En tant que fonctionnaire chargée chaque année de l'éducation de dizaines d'enfants, c'est délicat tout de même. Je suis prof de lettres, je vous ai dit ?

— Hum, hum.

— Alice, mon amie donc, elle ne sait pas m'arrêter. Elle répond : "Je comprends", puis sa rengaine : "C'est trop petit pour toi." Elle ne me lâche pas avec ça, elle me voit décidément dans un remake d'*Ocean's 8* (avec Sandra Bullock en chef de casse du siècle, vous connaissez ?). Je préfère le *Pickpocket* de Bresson, dans la série références ciné. En réalité, je ne sais plus ! C'est moi, ou c'est Dan, qui préfère Bresson ?

« Je m'interroge aussi : pourquoi est-ce que les vigiles sont presque tous noirs ? On les place là, au seuil, pour protéger les biens des Blancs. La propriété. Des siècles considérés par ces derniers comme une marchandise, les voici eunuques des bazars de la ville, payés pour en imposer avec leurs muscles ou leur flair. Virgile est différent. C'est aussi un vigile, mais il est autre chose, je ne sais pas quoi exactement. Il faut bien manger ! C'est sûrement alimentaire pour lui. Je suis une Blanche pour les vigiles, à cause de mon allure générale. Je ne jette pas la première pierre, les Arabes ont aussi volé la vie de Noirs. La "traite orientale", disent les manuels. Et ça continue ici et là. Je ne suis peut-être pas tout à fait arabe, mais des Libanais perpétuent aussi l'esclavage aujourd'hui. Je poursuis mon charabia ?

(*Silence de cime enneigée. Pas de marmotte.*)

— Hum, hum…

— Voilà, docteur. Je ne me compare pas, bien entendu. Mais je me comporte en esclave dans les magasins. On peut encore dire ça, non ? Je me constitue prisonnière des rayons, et je n'en sors pas tout à fait libre. Quand il m'arrive de courir comme une dératée une fois le portique dépassé, heureuse et apeurée à la fois alors que le risque est derrière moi, la honte me reprend souvent à un tournant : et si je tombais sur Dan ou une amie, une voisine, par hasard, j'aurais l'air de quoi, le feu aux joues comme au sortir des bras d'un amant ? À quoi est-ce que je ressemble donc, filant ainsi à l'anglaise le long du mur (j'ai appris récemment qu'*anglaiser*, c'est "voler" en argot) ? Est-ce bien toujours moi, ou mon double diabolique ? Tendez-moi un miroir, que je m'ajuste, moi aussi ! Certains jours, c'est tout le contraire : je me sens petite frappe sous ma cape de femme des beaux quartiers, et ça ne me déplaît pas. Je me surprends même à faire de petits bras d'honneur discrets en direction des magasins ! "Qu'importe le flacon, pourvu qu'on ait l'ivresse..." Sans vol de pain, pas de Jean Valjean. Même si le pain est vital et pas le rouge à lèvres, je suis sûre que vous saisissez la comparaison. »

Elle (donc je) relève la tête et prononce d'une voix docte, à la fois ferme et douce :

« À la semaine prochaine. »

Je me lève, en larmes. Révolte !

« Mais, comment, vous n'avez donc rien à me dire ? »

Après un court instant, mais qui peut sembler long dans ce contexte, je marque un arrêt très dramatisé, le bras levé, le poing refermé mais pas totalement, comme avec une prise toute fraîche à l'intérieur.

« Docteur, vous ne pouvez pas me faire ça, une semaine, c'est sept jours, et ma tête récite en boucle... »

Elle (donc moi), curieuse malgré le protocole de clôture de séance :

« Que vous dit votre tête ? »

Un second ange passe, je me rassieds calmement sur le fauteuil club. Je fixe mon reflet dans le miroir (donc elle).

« Pas un jour sans une choure : voilà ce que m'ordonne ma tête. »

Des voix enregistrées font « hou, hou ! », entrecoupées de sifflements stridents. Le rideau tombe. La salle oscille d'abord entre silence et incompréhension. Rires (de malade). Le rideau s'ouvre de nouveau. Applaudissements.

« On dirait un slogan.

— Je n'y avais pas pensé, mais oui, c'est juste ! Humour douteux, sizain, césure, rime interne… Tout y est. Je devrais me reconvertir, vous ne trouvez pas ?

— Au Pays basque, une "choure" désigne une forte pluie.

— Vous venez de là-bas, je suis sûre ! Je l'avais deviné à votre tête : vous avez une maison à colombages rouges et une planche de surf alignée dans la remise ? Il m'arrive d'y passer des vacances. À propos… Tenez !

— Hum, hum ? »

Elle (donc je) ouvre à peine la boîte orange que je lui tends : cette super psy avec qui je sens que je vais bien m'entendre accepte que je la paie en carte-cadeau du Bon Marché. Mes mains s'entrecroisent car je la lui emprunte un instant, pour découvrir le montant de la carte reçue l'année dernière des mains de ma belle-mère. Mazette, sacrée somme, et encore valable ! Je suis maintenant contente de ma séance, mais la psy veut maintenir la coutume du baisser de rideau sur ses paroles :

« Tout à l'heure, vous aviez l'air de vous être volatilisée. Vous vous êtes mise à applaudir.

— Je me lançais même des fleurs. Vous avez bien dit "volatilisée" ?

— À la semaine prochaine. »

20

Le manège tourne lentement à la sortie du métro Saint-Paul, je ne risque pas d'avoir de vertiges à le regarder ! Alice est en retard, je vais aller au café d'en face. Elle m'informe du temps qui reste sur le GPS du taxi : « Encore douze minutes », « Sept minutes », « Zut, il y a un long feu rouge… »

« J'ai pensé au pull, m'écrit-elle encore, comme pour s'excuser. Il est vraiment très échancré dans le dos, ça va plaire à Dan, et tu vas faire sensation. Porte-le en robe, avec juste un collant fin, et perche-toi sur tes Romy à plumes ! »

Finalement, elle lance un appel par FaceTime auquel je ne réponds pas. Je suis sûre qu'elle est à deux pas maintenant, je préfère respirer avant le tourbillon de son arrivée : quand on déjeune ensemble, Alice ne commence à interrompre son flot de paroles qu'au bout du troisième verre. Je sens alors son rythme cardiaque baisser, sa nuque se détendre. Sa tête se penche ensuite vers moi pour me demander comment je vais, enfin prête à accueillir ce qui n'est pas elle. « Pardon, je ne parle que de moi, et toi, ma chérie, ça va comment ? »

Mais elle m'intéresse beaucoup, mon amie, jusque dans son babillage, ne vous y trompez pas ! Elle me fait vivre mille et une vies avec elle. Autrement, je me débrouillerais pour l'arrêter plus tôt. Elle m'embarque, comme quand elle m'invitait pour des soirées pyjama et qu'elle m'emmenait en boîte. Le lendemain matin, tandis qu'elle dormait à poings fermés, rêvant à la soirée et parfois aux garçons rencontrés, je devais accompagner mes parents à l'église maronite de la rue d'Ulm, qu'il pleuve ou qu'il vente. Mais je ne regrettais jamais de l'avoir suivie.

« Que désire madame ? »

Le serveur me regarde gentiment, il pense que je n'ai pas bien entendu avec tout le trafic qu'il y a dehors, alors que j'étais transportée dans le « Que désire madame ? » de Liénard, le vendeur au rayon des lainages du Bonheur des Dames. Un paresseux !

Il reformule sa question :

« Que puis-je faire pour votre bonheur ? »

Et, tout de suite après, pensant peut-être qu'il doit me parler plus simplement, que j'ai des problèmes avec le français :

« Un café ? »

Je ris, il semble enchanté de ma bonne humeur ; je devais avoir ma tête de névrosée quelques secondes plus tôt. C'est affreux, je ne me rends même plus compte, mon visage me trahit. Je n'ai aucune envie de prendre un verre sur les sièges moroses de ce bar-tabac de sortie de métro, mais je commande tout de même un expresso pour lui faire plaisir. De retour, encore chargé de son plateau, il me chuchote à l'oreille que je ferais mieux de poser mes sacs à côté de moi sur la banquette plutôt que par terre : « Il y a beaucoup de vols dans le coin, et j'ai l'impression que vous venez d'acheter de jolies choses ! » S'ensuit un clin d'œil insistant qui m'incommode. Une dentelle noire dépasse d'un des sacs, je rougis et j'envoie un message à Alice, pour lui dire où je suis et qu'elle se dépêche.

J'ai très chaud. Est-ce que je culpabilise ?

Par sa remarque, le brave monsieur me rappelle que je viens de faire plus d'un tour à la Samaritaine… Je cache les paquets sur le côté, comme s'il y avait des choses honteuses à l'intérieur. J'aimerais les réduire et les fourrer toutes dans mon sac à main, en magicienne de la dissimulation, comme Mme Marty dont le sac devient « inépuisable » dans le roman de Zola, au point qu'il lui prend une « pudeur de femme qui se déshabille » à les montrer à ses amies, tellement elle veut cacher ses trop riches achats à son mari.

Pourtant, cette fois, je n'ai rien volé. J'ai juste été prise d'une rage de dépense, comme les clientes de Mouret, ancêtres de celles d'Armand. Plus que le salaire mensuel du serveur, pourboires compris, en une seule mise. C'est idiot et déraisonnable. C'est rare. Mais comme c'est salutaire, quand ça m'arrive ! Dans ces moments-là, je retrouve une sorte de dignité. Je passe le portique la tête haute. Je souris au vigile, sans duperie. Un léger tremblement des lèvres, tout de même, par habitude. Au moins, le seul trou du jour, je le verrai sur mon compte en banque. Et pas en forme de cratère béant contre ma peau. Je mettrai des mois à rattraper le tir, à cause de cette histoire de comptes séparés que j'ai voulus, par fierté. Mais pas de regrets, rien que pour cette fugace impression d'avoir réussi à tourner la manivelle dans l'autre sens, d'inverser la vapeur, de me shooter autrement. Ils avaient monté un décor oriental en vue des fêtes à la Samaritaine, ça m'a donné envie, ça a commencé comme ça. On aurait dit un souk. Jusqu'aux tapis tendus d'où s'échappait une odeur de mouton.

« Coucou, ma chérie, ça va, tu ne t'es pas ennuyée ?

— Oh, tu m'as fait peur ! »

Alice arrive en trombe, elle n'a pas couru longtemps, juste les quelques mètres qui séparaient le taxi du café, mais ça lui donne à la fois bonne conscience et bon teint. Je me frotte les joues pour les sentir aussi roses que les siennes, tandis qu'elle regarde à la ronde, par réflexe, si quelqu'un semble la reconnaître. Elle a toujours l'air de sortir de chez le coiffeur, même les cheveux en bataille, et puis elle est si grande, si belle… Connue ou pas, jamais elle ne passerait inaperçue ; elle joue seulement à se faire croire que c'est possible, à se faire peur. Une enfant qui se plonge dans le noir quand toute la maison, aimante, veille. Moi je suis, au contraire, celle qui rappelle son nom aux autres mamans de l'école de Dina-Charbel dont j'ai déjà maintes fois reçu les enfants, quand je les rencontre au Monoprix ou au marché. Même quand elles s'avancent vers moi les premières. C'est pourtant ridicule !

« On bouge ? Oh mais dis donc, tu es chargée ! Tu repasses en mission séduction ? Allez, passe-moi les deux gros, je t'aide… Tu vas me montrer tout ça quand on sera installées, je t'emmène déjeuner Chez Mademoiselle, mon nouveau spot à deux pas d'ici !

— Dan veut m'emmener en voyage, et j'ai plus rien à me mettre, malgré tous mes achats et mes… Enfin, tu sais, pas la peine de prononcer le mot. »

J'ai dit « Dan », mais c'est encore la tête de Paul qui s'était affichée dans la mienne quand je bavais devant la guipure du corset.

Elle m'attrape le bras, malgré les sacs qui pendent, et m'entraîne dans l'une de ces ruelles serrées qui datent du Moyen Âge, en direction du lycée Charlemagne. Le restaurant est petit mais charmant, confidentiel… Alice m'explique que la pièce maîtresse est un monte-charge datant de l'époque où l'on vendait là du charbon ; le mur sur lequel il est adossé est d'ailleurs classé monument historique. Elle connaît le serveur, un très beau Noir qui faisait la sécurité sur les tournages et les défilés de mode.

Je lui demande si elle a couché, elle répond que non, riant très fort, que même elle ne peut pas coucher avec tout le monde, et rebondit : « À ce propos, tu n'as pas quelque chose à me dire ? Et d'abord, comment ça va, Dan et toi ? On n'a pas parlé de ton couple depuis des lustres, ton long mariage mérite une coupe, pour commencer ! »

Heureusement, un client la distrait de moi pour lui demander une photo avec lui, et le champagne arrive vite, elle a déjà oublié sa question, j'espère que Paul ne lui a rien dit. Je ne veux pas qu'elle me gourmande sur mes petites sorties.

Elle raconte la moindre chose avec tant de flamme, Alice ! Quand s'arrête-t-elle de jouer sa propre pièce ? La voici lancée, agitant les bras dans tous les sens, à me refaire la scène vécue dans la matinée avec une styliste :

« Dans la série, tu sais, celle que je vais commencer à tourner après le film d'Howardson, je dois porter un manteau du style de celui de Roxane, celle du dernier *Cyrano* de la Comédie-Française... J'enfile le corset, la robe, toute seule, sans aucune aide... Elle m'applaudit, satisfaite, puis elle pose le manteau sur moi et le ferme, sans dire un mot. Il n'y a que deux boutons en haut, mais j'étouffe, les baleines du corset me compriment. Je lui demande juste de changer la place des épingles, en lui indiquant tout. Et là, elle pleure, Aïda, tu te rends compte, je ne suis pas fière, j'ai fait pleurer une gamine ! Elle va raconter partout que je fais ma diva alors que je voulais l'aider, le monde à l'envers... !

— Mais, Alice, tu *fais* ta diva ! Et tu risques de perdre du poids, d'ici là : il paraît qu'Howardson fait tourner chaque prise plusieurs fois, jusqu'à épuisement des comédiens !

— Oui, tu as raison. Je vais y laisser des plumes, mais au moins ses films sont des chefs-d'œuvre, il tue comme il fait renaître ! Allez, on trinque, mon Aïda ! Parlons de toi maintenant, je me suis assez ridiculisée pour aujourd'hui. Bon, alors raconte, vous allez où avec Dan ? D'abord, il y a une grande soirée dans une sorte d'igloo, et ensuite un vol de nuit, c'est ça ? Et lui, il va comment ?

— Dan ? Toujours parfait, heureux... Un peu stressé par une grosse affaire de vol de données, mais il reste égal à lui-même à la maison, et au lit il est toujours attentif, mais on ne se voit pas beaucoup, à cause de ses voyages.

— Je vois. Et donc, votre voyage à vous deux ? »

Alice ponctue chaque phrase d'un coup d'œil furtif à son portable. La joie de la retrouver, de la regarder vivre, plane pour le moment au-dessus de son indélicatesse.

« Je ne sais pas, mais je crois que ce sera quelque part dans le Grand Nord. Il m'a confié avoir envie de froid, et lit Jack London en ce moment. En même temps, il parlait récemment de la Patagonie...

— Et tu vas y aller avec toute cette petite dentelle ?

— Oh non, comment fait ce machin pour toujours pointer hors du sac, enveloppé comme il l'est ? On est un peu pompettes, on devrait arrêter avec le champagne à midi, non ? Au fait, Dan a aussi parlé du Mexique quand on est allés voir l'expo Frida Kahlo. »

La tête me tourne agréablement, je m'enfonce dans ma chaise. On parle un peu des enfants, pour la forme, Diane, Dina-Charbel... Puis je me lance dans l'une de mes grandes scènes du II :

« Voilà, Alice, j'ai peur de partir, et tu sais bien pourquoi, c'est toujours la même chose avec moi. J'ai peur d'avoir peur de mes mains tout le temps, comme le meurtrier de *La Bête humaine* qui les craint, qui ne veut pas qu'elles étranglent ; je ne veux pas que les miennes volent dans le dos de Dan, qu'il finisse par me démasquer. Je ne veux pas être tendue à l'aéroport, au *duty free*, à l'hôtel, dans une boutique… Tu m'imagines coursée par un *comandante* au canon large parce que j'aurais pris un poncho ? Dan me rejetterait, ce serait terrible. J'ai contacté une nouvelle psy, mais est-ce que cette fois-ci ça va vraiment marcher, dis-moi ? Tu y crois, toi ? Te moque pas, oui je vais encore payer quelqu'un pour enfin devenir une femme qui paie partout. Je suis malade, et ça me rend malade, c'est de l'aliénation ! Il y a quelques jours, j'étais sûre d'être guérie. Je me suis dirigée innocemment vers le Panthéon, je suis entrée en honnête femme, brandissant fièrement mon pass éducation à l'entrée ; j'ai admiré les peintures, les installations temporaires, le pendule de Foucault… Et puis là, je m'aperçois que dans un coin se trouve une boutique. Devant, il y a l'inscription *Aux écrivains morts pour la patrie*. Je me dis que si j'en connais cinq sur le tas, je n'entrerai pas, mais même une plus grande prof de français que moi n'en connaîtrait pas deux, je crois (à moins d'être spécialiste en écrivains morts pour la patrie). Alors j'entre ; évidemment dans les boutiques de musée tout le monde se fiche d'être volé, c'est de l'argent de l'État, enfin j'imagine, ou des partenariats, des subventions… La vendeuse ne se fera pas virer, tant qu'elle n'en aura pas marre elle-même de prendre la poussière. Elle rêve, elle lit, elle renseigne aimablement, mais seulement si on la dérange. Tu vois l'ambiance ?

— Oh, Aïda, tu ne vas pas pleurer… C'est passé maintenant. Allez, on reprend deux coupes, c'est ma tournée !

— Attends un peu de savoir, avant de dire que je fais ma *drama queen*, écoute-moi bien ! »

Alice lève les deux mains en l'air, faisant mine de se rendre. Elle guette son effet, autour. Le temps que je comprenne qu'elle avait dégainé non pas un, mais deux téléphones, brandis victorieux au bout de ses bras, elle les enfouissait bien au fond de son sac.

« Voilà, je suis tout à toi ! Vas-y, reprends, ma chérie, captive-moi avec ton jeu !

— Tu es désopilante, Alice… À peine ai-je le temps de souffler que me voici avec deux Pléiade dans la poche, un Victor Hugo, un Saint-Exupéry. Je n'aime pas voler des livres, tu le sais ? Trop de respect pour eux, les livres c'est pas du chiffon. Ou mon côté "petite prof" ? D'ailleurs, j'adore cette anecdote de Marius Jacob, le voleur anarchiste qui rapporta tout en s'apercevant qu'il venait de cambrioler Pierre Loti, s'excusant avec ce petit mot : "Ayant pénétré chez vous par erreur, je ne saurais rien prendre à qui vit de sa plume…" Mais il n'y avait pas grand-chose, et les babioles tristes du *Petit Prince* me rappelaient trop mes enfants. J'ai cédé, comme d'autres boivent de l'eau de Cologne pour étancher une soif subite et dévorante ! Je sors de là, la porte fait *boum*, un grand fracas, tout le monde se retourne, je dis "Pardon, je vous ai fait peur !", et je me dirige vite vers la crypte, cramoisie. Devant la tombe de Voltaire, je salue la statue, je m'excuse à ses pieds d'être encore en retard sur le programme du bac cette année. Je vais voir les femmes, j'embrasse Simone Veil, je me signe et puis je sors, de nouveau vaincue. Après avoir respiré un bon coup, je passe devant la ribambelle de camions de la gendarmerie toujours garés là, et je me dis que j'ai encore deux heures de libres. Comme après une crise de boulimie, je me dis aussi que "foutue pour foutue"… Enfin, tu vois, quand on termine la tablette jusqu'à écœurement, presque toutes les femmes connaissent cette sensation-là. Mes pas me mènent boulevard Saint-Germain, en un clin d'œil je m'y trouve. Soudain, les sandales d'Hermès soulèvent mes pieds, je ne crains plus ni la chute ni la douleur. Et là, c'est un massacre, en une heure je vole le sac en demi-lune de tes rêves, une brosse à cheveux de luxe qui vaut deux cents balles, et ainsi de suite. Je reprends la ligne 10, les yeux grands ouverts sur le vide, en nage. Tu vois, comme si je venais de prendre de la cocaïne (Alice réfute d'un mouvement de tête offusqué le bien-fondé de cette comparaison). Ensuite, le rituel, je cache tout au fond du placard, du box du parking, ou dans une grande cocotte, quand ça tient, et j'attends un jour de paix et de solitude pour ranger ou donner ma razzia, que parfois j'oublie.

— Le sac de chez… ?

— Oui !

— Couleur ?

— Noir, évidemment !

— Oh, toi, tu sais parler aux femmes, j'envoie Diane le récupérer cet après-midi en Uber. Ou ce soir ! J'ai regardé sur le site de sa classe, elle n'a pas beaucoup de devoirs. Elle t'aime, Diane, tu sais ? Tu es un modèle de stabilité pour elle, pas comme sa mère. Moi, je… je suis incapable de lui donner un foyer. Même le mot *foyer*, moi, quand je le prononce, c'est un théâtre qui apparaît. Moi, je ne suis qu'une saltimbanque toute pourrie et égocentrique. Tu te souviens de ce jeu d'articulation, au Conservatoire : "Hélas, Alice est lasse" ? C'est la première chose qui me vient à l'esprit quand je me réveille ! Parfois j'en ris, parfois j'en pleure.

— Alice… Ne pleure pas, toi non plus. La vie n'est pas douce pour les filles comme nous. Chacune à notre manière, nous enchaînons les rôles jusqu'à épuisement, même pas besoin d'un Howardson pour mourir à nous-mêmes. Mais on se bat, on fait ce qu'on peut chaque jour. Surtout, on ne remonte pas du charbon, on se contente de le faire brûler.

— Tu as raison. Je suis Alice. Alice au Pays des merveilles. Toi, tu es Aïda, un merveilleux opéra. Allez, chérie, toi et moi, on n'a aucun problème, juste le champagne un peu triste, tout est toujours une question de point de vue.

Tu as Dan et j'ai Howardson, il n'y a pas plus belles étoiles pour nous guider ! »

On rentre ensemble, Alice me dépose en taxi. Elle porte déjà des baskets, je lui passe un legging, trop court pour ses longues jambes, qu'elle puisse se précipiter à la salle de sport éliminer son déjeuner et ses excès d'alcool. J'insiste pour qu'elle prenne le sac en même temps, mais elle ne veut pas se charger davantage, ni même jeter un œil dessus avant ce soir. Elle doit rester concentrée et craint de perdre son élan si on commence à parler chiffons et à déballer mes achats ensemble. Elle voit bien comme il serait agréable de se faire un après-midi de filles dans la chaleur poudrée de ma chambre. Mais elle ne peut pas lâcher la rampe de la perfection une seconde, avec Howardson ! Elle ne m'a pas reparlé coulisses depuis quelque temps, superstition d'actrice sans doute, et je la comprends… Ce n'est pas rien d'être embarquée sur les ailes d'un géant du cinéma, le réalisateur de sa vie.

Pauvre Alice, ce qu'elle doit souffrir. En refermant la porte sur elle, je tourne les talons sur mon beau parquet, j'allume une bougie « Bois de figuier », j'installe la théière fumante, et je la plains. Ma vie est si douce, quand je ne vole pas… ou que je songe qu'il lui est impossible, à elle, d'imaginer se vautrer dans une sieste après le déjeuner Chez Mademoiselle. Je sens, de mon côté, que c'est ce que je vais faire, pour me remettre de toutes mes émotions du jour. Les remettre à neuf, plutôt, et accueillir les enfants avec un sourire sincère, doux et aimant. Préparer un gâteau peut-être ? Ça fait longtemps. Ensuite, j'enverrai la photo à Dan. J'ai une chance folle.

21

« Chérie, tu regardes quoi comme film, je ne vois pas ? Pose mieux ton téléphone, que je te contemple pendant que je finis mes analyses de marché. Ça fait longtemps qu'on ne s'est pas couchés ensemble à distance. Tu me manques.

— Le film roumain qui a eu la Palme d'or en 2007. »

Dan est encore parti. Dina-Charbel le surnomment « papa-WhatsApp », ils ont pleuré tous les deux cette fois : « C'est comme si on n'avait plus de papa. » Dina se console plus facilement de son absence à l'idée qu'il leur rapporte plein de cadeaux.

« Mes anges, j'aimerais aussi que papa soit là », je leur ai dit hier en les couchant. C'est vrai ; j'ai peur de moi. J'ai tendance à faire plus de bêtises quand Dan est loin. Voler plus, manger plus, boire plus. Baiser plus. Atteindre le nirvana devient trop périlleux. Ils sentent ça, Dina-Charbel. Mais non, c'est pas vrai, les enfants ne sont pas des chiens, les gens s'imaginent des choses ! Je me rassure. L'autre jour, ils m'ont dit que je rentrais avec de drôles d'yeux les mercredis soir. Je n'ai pas cherché à en savoir plus sur leur ressenti. Ils s'étaient mis d'accord là-dessus tous les deux. Dina soupçonneuse, Charbel tout à fait neutre. Oh, je ne m'inquiète plus pour mon fils, il a hérité du caractère insondable de son père. Je les ai pris ensemble sur mes genoux : « Les enfants, j'ai des problèmes de sensibilité à la lumière, je dois porter mes lunettes de soleil. » Je leur inventais ça, je n'en étais plus à une histoire près, moi qui me crame à celle des grands magasins comme sur un tue-mouche, et m'aveugle avec Paul à l'ombre du Masque.

À contrecœur, je replace mon téléphone bien à la verticale, adossé à mon Zola sur la table de nuit. Je ne veux pas que Dan s'aperçoive que je porte de la dentelle noire en son absence, le beau corset que j'ai eu la flemme d'enlever. Ou que j'avais envie de garder, avec son odeur de figue ? Je me plais, en déambulant dans cette petite tenue devant le miroir du dressing. Ce que je veux encore moins, c'est que Dan se rende compte que je regarde une série recommandée par deux de mes élèves, Stella et Colombe, *Emily à Paris*. Oh, elles ne me l'ont pas conseillée ouvertement, je les ai entendues persifler dans mon dos : « La prof, tu trouves pas des fois qu'elle s'habille comme si elle sortait d'*Emily à Paris* ? Les profs, elles ne sont pas censées se payer des habits aussi chers, non ? »

Stella et Colombe se mettent toujours ensemble au premier rang pendant mon cours, et elles me scrutent de la tête aux pieds, un peu comme le fait Alice, avant même de dire bonjour. On dirait qu'elles ont au moins retenu une leçon : le portrait classique s'organise dans ce sens-là. Elles prennent quelquefois discrètement (croient-elles) des photos, pour identifier plus précisément le modèle et la marque. Stella a suggéré à sa camarade que j'avais un mari riche, peut-être à cause du jour où je suis venue avec sa voiture. Je pourrais les gronder, mais la manière dont ces adolescentes s'emparent de la vie des autres me touche. Je les ai surprises à disserter sur mon trench, un modèle couleur miel, pris sur Oxford Street un jour de haut vol, tandis que Dan emmenait seul les enfants à la rencontre de Harry Potter parce que j'avais la migraine :

« C'est un Waterloo.

— Non, un Kensington. »

Je l'avais ensuite planqué au fond de ma valise sous un grand sac de plastique noir, avant de redescendre boire un whisky au bar de l'hôtel, ce qui avait achevé de me remettre sur pied. À vrai dire, l'imper était tellement bien camouflé que je l'avais oublié là des semaines, jusqu'à ce que la femme de ménage tombe dessus : elle m'avait demandé de lui prêter un bagage. Quel frisson en retrouvant ce magnifique manteau mis en scène comme une robe de mariée, les pans du bas symétriquement ouverts sur la doublure de tartan, un soir, sur mon lit. J'avais failli appeler Dan pour le remercier du cadeau !

« Aïda, chérie, tourne-toi un peu vers moi... Tu as l'air si distante.

— Nous sommes à des milliers de kilomètres, Dan. Je suis peut-être un peu fatiguée de cette vie-là, mais je ne suis pas distante, regarde, je suis toute à toi. Et tu l'as dit, on va se rattraper bientôt !

— Tu souhaites qu'on parle des vacances ?

— Pas maintenant, tu veux bien ? J'ai eu une dure journée...

— Qu'est-ce qu'il s'est passé ? Des élèves t'ont attaquée avec des boules de papier ?

— Rien... Ne te moque pas, même les "petites profs" peuvent avoir des journées de rien, mais difficiles.

— Je sais, chérie. Oublions tes élèves, alors ? J'ai eu les enfants tout à l'heure, ils avaient l'air de bien s'amuser avec la baby-sitter. Tu sais, c'est agréable de parler de notre prochain voyage, on va pouvoir rêver à deux ce soir... Tu vas te détendre !

— Tout de même, je te parlerais bien de deux charmantes premières qui me voient comme une héroïne de série, mais tu t'en fiches ! »

Ça nous fait rire, maintenant. On délègue, on sait tous les deux que je peux parler de mes élèves avec Alice ou mes parents, et que ça me suffit. Dan ne me détaille pas non plus ses journées, ou je ne l'écoute que d'une oreille. Il y a bien les aventures avec le *board*, un peu plus trépidantes que les autres, que je suis de loin en loin.

Je lui montre les deux peluches que Dina-Charbel ont mises sur son oreiller, en espérant couper court à la conversation. Comment lui faire comprendre sans le blesser que la seule chose qui me ferait du bien ce soir, ce serait de me replonger vite dans le verre de rouge que j'ai dangereusement posé sur la moelleuse moquette blanche de la chambre, avant qu'il ne bascule, et de me jeter à corps perdu dans ma série pour midinettes ? Loin, très loin des rivages de la soirée qu'il envisage : regarder des centaines de sites, s'envoyer des liens à n'en plus finir, demander leur avis à une dizaine d'autres sites, ainsi qu'aux amis « qui-sont-déjà-allés-là », discuter avec ces derniers à n'en plus finir aussi, pour finalement changer d'idée de destination, ricocher par son cousin « spécialiste du voyage expérientiel de luxe », sa mère, sa tante… Clôturer par un moment de sexe alors que, filmée, je ne suis pas douée à ce jeu-là. Tout ça pour me faire croire que nous menons la danse à deux, tandis que j'aime le suivre.

« Excuse-moi, mon amour, j'ai très envie de ce voyage avec toi, mais là, j'aimerais qu'on s'embrasse pour la nuit et m'endormir. Demain je vois Rolls, et tu sais que c'est chaque fois une épreuve pour moi. Ça me rappelle nos années FIV ! »

Dan a compris que le rendez-vous avec le gynécologue est un prétexte, même si je l'appréhende vraiment, et qu'il n'y a pas que le traitement de l'infertilité que je mets dans cette angoisse. Il m'observe beaucoup, on pourrait même dire qu'il lit en moi comme dans un livre ouvert, s'il n'était pas du genre à sauter les pages tristes. Voilà, ce soir encore il est déçu, mais depuis quelques années j'affronte mieux la honte que j'éprouve à ne pas lui correspondre. Je prends le coup à la poitrine, mais je ne plie plus sous le poids de sa personnalité. Pour me protéger, je détourne vite les yeux de sa belle tête, avant de me mettre à penser que ce n'est pas possible d'être aussi foireuse avec un homme comme lui, qui met le monde et l'amour à mes pieds. J'aimerais tellement être faite du même bois que les autres femmes… Je sais que quand Paul me manque, ou me fait jouir, ce n'est rien de plus qu'un coup de sang. Rien de moins non plus. Par terre, le verre à vin Dior gravé main, dernier rescapé du cadeau de mariage de Ritta, brille un peu plus ce soir. Je trinque à Duras : « L'amour, il faut le vivre complètement avec son ennui et tout, il n'y a pas de vacances possibles à ça. »

22

« Il est 7 h 20, tu es merveilleuse, tu vas passer une journée extraordinaire, ce qui te paraît difficile ce matin te semblera doux comme une plume qui te frôle, une goutte de rosée sur la fleur… »

Mais qu'est-ce que c'est que ce boucan ? La radio s'est allumée toute seule ? J'ai si mal à la tête ! Mes yeux s'ouvrent un peu plus, je trouve le courage de me retourner sur l'oreiller. Derrière le Zola resté debout toute la nuit, une drôle de boule blanche clignote. Ça me revient, c'est le réveil avec des podcasts de développement personnel que m'a offert Alice ! Quelle horreur. J'ai dû le brancher au cours de ma soirée d'hier, mais pourquoi ? Ah oui, je ne retrouvais plus mon téléphone, après avoir raccroché avec Dan et passé du temps à chercher des choses sur Google, mais quoi ? Le naturalisme, peut-être ? La phrase « reproduire la réalité avec une objectivité parfaite » me revient en mémoire au moment où j'aperçois une bouteille vide. Puis deux… J'ai donc bu comme un trou et je crois que j'ai regardé tous les épisodes de la série ! Moi qui voulais me lever à l'aube pour corriger les copies que mes élèves attendent depuis des semaines. Tant pis, je commencerai dans le métro.

« Dina-Charbel, debout ! »

Où donc est mon téléphone ? Je me souviens un peu mieux : j'ai fait des recherches sur la Samaritaine, après un épisode d'*Emily à Paris* où la jeune Américaine est outrée quand elle s'aperçoit que la fille qui l'accompagne y a volé des petits trésors. Elle-même n'y avait vu que du feu. La fille est douée, mais j'ai trouvé le scénario très peu réaliste. Je connais le magasin par cœur, j'ai revu la séquence plusieurs fois, exactement comme Dan quand il tombe sur une scène de laboratoire sur Netflix, et ça ne colle pas.

« Maman, il est où ton téléphone, on peut mettre une histoire à écouter ?

— Je le cherche aussi, le premier qui le trouve choisit le conte ! »

Emily, moralisatrice, propose de retourner payer elle-même à la Samaritaine. La fille la prend pour une folle. Dieu merci, Alice ne ferait jamais ça, on partagerait plutôt le magot ! D'un autre côté, ça pourrait être une technique pour soigner ma tare ? M'obliger à aller tout rembourser, affronter les regards…

« Mais tout le monde vole, Aïda, d'une manière ou d'une autre. Tout le monde vole ! Le problème, Aïda, c'est que chez vous, c'est vécu comme une obsession, un trouble envahissant du comportement. Je vois que vous avez une faible estime de vous-même : Aïda, je peux vous aider. On va creuser ens… » Je n'avais pas non plus laissé le gourou conseillé par Alice terminer sa phrase. C'était un de ses coachs de vie en période de tournage, c'était en visio… J'avais éteint.

« Maman, maman, j'ai trouvé, il était tombé sous le lit, ton téléphone ! Il y a plein de messages de papa ! »

Mes enfants ont parfois la même voix, je ne sais pas toujours bien qui parle dans ce roman polyphonique quotidien, vivement la puberté de Charbel. C'est un peu inquiétant l'aspect « plusieurs messages » dans la nuit, je ne pense pas que Dan parlait encore du voyage. Un café d'abord !

« Dina, reste à table, où vas-tu ?

— J'ai oublié de choisir mon livre pour l'école ! »

Je jette un œil sur mon téléphone entre deux podcasts d'histoires pour les 4-7 ans. C'est le dernier qui apparaît sur l'écran : « Tu vois, je te connais mieux que tu ne le crois ! »

Pas de « je t'embrasse », ni de « je t'aime ».

La cuisine vacille en même temps qu'une part de moi se déleste d'un gros poids. Dan sait enfin qui je suis vraiment, ce que je fais de mes journées, comment je sèche souvent mes cours (dont j'ai réduit à deux reprises le volume horaire) à grand renfort de petits arrangements avec le proviseur, ou de larmoiements chez le docteur ou au rectorat. L'heure est grave, je demande aux enfants de s'habiller très très vite, je nous pousse tous les trois dans l'ascenseur. J'ai besoin de me débarrasser d'eux pour lire tranquillement tout ce qui précède et pour laisser libre cours à mes émotions. Quand je pense que j'avais tellement formulé ce désir déchirant que l'un d'eux disparaisse et que le docteur Rolls m'avait suggéré qu'il pourrait m'aider à le réaliser, si j'étais sûre ! « En faire tomber un », tels avaient été ses mots. Puis : « Dan est mon ami, mais il ne serait pas obligé de savoir, je ne veux en rien vous influencer, mais des jumeaux c'est dur pour un couple, même heureux. »

Avait-il senti ce genre de fragilité que les médecins habitués à voir défiler des femmes tout au long de la journée perçoivent en un regard ? Je dois avouer que j'étais terrorisée. Avoir les deux mains prises en marchant dans la rue me semblait alors insurmontable, je m'imaginais en montgolfière retenue au sol. J'en avais passé, du temps à l'église, pour réfléchir. Même en ne croyant pas, me poser des heures sous le cèdre du vitrail de Saint-Maron me donnait du courage. Aujourd'hui, ces deux petites mains sont peut-être, avec les bras de Dan, la seule chose qui me leste encore un peu.

Comment expliquer à Dan ? Pourrait-il me comprendre, m'aider même, avec l'argument médical ? Hier, j'ai trouvé un vieil article de psychiatrie en *open source* ; et si je lui envoyais tout de suite, avant même de lire ses messages ?

Le mal d'une femme bourgeoise qui aime l'ordre et la beauté, affiche une bonne moralité au quotidien, et ne peut s'empêcher de voler dans les grands magasins. Le plus souvent des objets au montant ou à l'usage dérisoire (et dont elle fait peu de cas ensuite), comparé à ce que pourrait lui offrir son mari. Elle est le fruit d'une société patriarcale, d'un délire, d'une folie, de l'hérédité. Les juges et les médecins s'arrachent les cheveux. Elle se rend assez vite quand on l'interpelle, et propose un dédommagement spontané, ce qui la différencie pas mal de l'escroc de bas étage et du simple voleur à l'étalage ! Je ne suis pas une bourgeoise de souche, mais j'en ai la vie !

Ah, ce mot d'« étalage », qui dit si bien : « Prenez-moi, je suis là devant vous, je me dénude et m'exhibe, aucune ceinture ne me retient, ma richesse est à portée de vos mains », rend les grands magasins qui l'ont inventé complices et tentateurs… Ils étalent, ils étalent, paient même un droit d'étalage sur les rues. C'est pour ça qu'on parlait de « magasinite », au temps de Zola. « Je suis donc atteinte de magasinite, Dan. Il paraît que c'est une monomanie, du même ordre que celle d'Harpagon que j'explique à mes élèves. »

Espoir fou, des larmes me viennent. Puis, l'instant d'après, je pense de nouveau que Dan ne pourrait jamais pardonner ça ! Je suis sa « petite prof ». Pendant qu'il décortique dans la nuit l'évolution de l'indice boursier du secteur santé, j'organise des cagnottes Leetchi, pour me racheter de mon air détaché avec mes collègues. Je relis Zola, quand il bondit sur le *Wall Street Journal* ou sur *National Geographic*. La même lueur bleue propulse nos insomnies dans des planètes lointaines. Dans ces moments, quand nos bras se touchent, ça forme comme une collision tendre.

Une révolte pointe : je fais le job, ça va ! Je m'habille avec goût, je suis suffisamment divertissante, cultivée comme il faut, la maison et les enfants sont bien tenus. Propres ! Je ne détonne pas dans le hall ou l'emplacement de notre immeuble, on va dire… Que peut-il exiger de plus ? Il est heureux, il le dit qu'il est heureux !

Nouvelle chute : Dan, obsessionnel comme il l'est, verrait les choses autrement. Il a une image de lui-même à respecter, des jumeaux à faire filer droit, impossible, avec une femme aussi étrange dans les parages. Il les éloignerait de moi ! Dan ne me pardonnerait jamais, non, s'il savait ! Parce que ça ne collait pas. Les chiffres et les animaux ont une attitude rationnelle, et moi, sa moitié (alias Aïda Zadkine, mère et "petite prof" du 16e arrondissement de Paris), je devais me comporter de la même façon. Si j'avais été une grande actrice, en revanche, trouverait-il à la situation un enrobage artistique ? Trouverais-je une caution valable à ses yeux ?

Rentrée de l'école avec la rapidité d'une gazelle (championne du sprint à talons, comme chaque fois que je me sens en danger), je commence la lecture des messages dès l'ascenseur, où je me pose sur le strapontin, prête à tout accueillir. C'est difficile, car Alice m'appelle tout le temps, elle m'oblige à appuyer sur « raccrocher » en continu, chaque fois que je me lance. Enfin elle cesse, au moment où je jette mes clés dans le vide-poche de l'entrée, au risque de le fracasser. Je reviens sur mes pas, un instant inquiète d'avoir ébréché cette magnifique pièce hors de prix, « rapportée » d'un gigantesque concept store à New York où je voyageais avec ma sœur, chère sainte Ritta, encore célibataire à l'époque. Un séjour où Dan avait dû se décommander. Ça me fait un souvenir inoubliable maintenant, alors que je suis sûre qu'elle a tout oublié de ce magasin, et jurerait n'y avoir pas mis les pieds si elle en découvrait les images détaillées dans un *Vanity Fair*. Pourtant, c'était grandiose, surplombé d'une nef... Le genre d'endroit où le vigile est aussi beau que les objets, aussi bien habillé et mis en scène que la plupart des clients, au point qu'il donne envie à toute femme, et à certains hommes, de provoquer une sérieuse fouille au corps hélas interdite, ou un tête-à-tête dans le bureau à l'arrière. Le genre d'endroit où l'on s'écrie « C'est du vol ! » en déchiffrant chaque étiquette, cependant que la tête vous en cogne d'envie d'accumuler tous ces raffinements dont l'énigme consiste à ne valoir rien et trop à la fois (ce n'est pas de l'or, mais c'est à prix d'or !). À propos, l'étiquette est-elle toujours sous le vide-poche ? L'objet était numéroté, je crois. Je le retourne, c'est illisible...

Enfin, je m'adresse au miroir de l'entrée : « Courage, ma petite Aïda, ne fuyons plus, lis donc ! » Je le salue, presque aussitôt, voix de robot, nez encore penché sur mon téléphone. À quelques minutes d'intervalle, Dan m'avait écrit :

« Ne bois pas du rouge dans la chambre, si tu ne peux t'empêcher d'y prendre un verre. »

« La moquette est précieuse, et cette laine difficile à remplacer. Tu te souviens, on est allés ensemble en commander les bobines en Islande ! »

« Prends un petit blanc, du champagne, de la vodka... »

« Ce que tu veux, chérie, sans en abuser, bien sûr, mais ne tache pas le sol, je t'en supplie. »

« Tu te demandes comment je le sais ? J'ai regardé la couleur de tes lèvres. »

Puis il concluait dans un sixième message, envoyé bien plus tard :

« Tu vois, je te connais mieux que tu ne le crois. »

Il y en avait aussi un que Dan avait supprimé ; ça ne lui ressemblait pas, il faudra que je pense à lui demander ce qu'il avait mis dedans. Je lui réponds que je m'étais endormie sur un documentaire (Soulages), que je l'aime, et que grâce à lui, je me sens prise d'une énergie nouvelle aujourd'hui. Le pauvre a dû bien s'inquiéter de retrouver une tache rouge étalée à mes pieds à son retour. On ne verrait qu'elle, forcément, au milieu de tout ce blanc. Elle, et pas moi…

Désormais enfermée dans la chambre, je rallume le podcast du drôle de type, pour rire à gorge déployée de ma frayeur sans inquiéter la femme de ménage dont j'entends la clé tourner. Cette fois, l'hurluberlu m'encourage à me transformer en papillon de nuit qui volerait vers la lune.

23

« Alice, tu es trop belle !

— Merci, tu es magnifique aussi, j'adore ta coiffure, tu irradies comme ça, tu as refait des mèches chez Alexandre, on dirait ? C'est super gentil de venir avec moi, je sais comme tu n'aimes pas laisser ta petite famille le soir !

— Cette soirée va me changer les idées, on va bien en profiter, ma beauté, ça fait des siècles que je ne suis pas sortie avec toi ! Et oui, je me suis refait une tête, c'est pas un peu trop clair pour ma peau ? Je crois que je n'avais pas passé autant de temps chez le coiffeur depuis avant ma grossesse !

— Mais non, tu es parfaite ! Regarde dans le miroir, avec le rouge et tout, on se ressemble de plus en plus, j'adore l'idée. Tu sais, j'ai beaucoup parlé de toi à Howardson, enfin, pour le peu qu'il écoute… Il y aura pas mal de gens du cinéma, à toi de jouer, mon Aïda ! Et, de ton côté, tu m'aideras à faire une première sélection de garçons potables. Je te fais confiance, parce que je couche un peu avec n'importe qui en ce moment, on dirait que je n'ai plus tout à fait les yeux en face des trous avec l'excitation du tournage qui approche. Quelle pression, je te raconterai, c'est pire que ce que je pensais. Il est si dur avec les actrices, il n'y serait pas pour rien dans le suicide de Laura Salers. Aïda, tu m'écoutes ?

— Oui, je cherche juste le code ! Tu me l'avais envoyé, mais je crois que je l'ai effacé.

— Je le connais par cœur, ne t'en fais pas.

— Tu portes quoi sous ton manteau ?

— Du décontracté chic. Et toi ?

— Pareil !

— On est bien à la bonne adresse ?

— Mais oui, pourquoi tu t'inquiètes comme ça ? 59 bis, rue Bonaparte, allez viens, on monte, j'aimerais me coucher pas trop tard pour faire du sport demain matin. Ton téléphone n'arrête pas de vibrer, tu devrais répondre, ma chérie, Dan a peut-être besoin de savoir où tu ranges les pâtes !

— Ha ha... »

C'était bien Dan, mais j'espérais Paul. Je n'avais plus eu de nouvelles depuis la dernière fois. J'ai appris qu'il était sur un tournage à Copenhague. Me trouvant plutôt pas mal ce soir, je lui avais écrit que je sortais, en lui envoyant une photo de moi, prise dans le miroir du hall de mon immeuble. J'avais précisé que j'étais invitée dans l'appartement parisien d'Howardson. Tout le monde sait, dans le milieu, que c'est un privilège.

« Aïda, je te présente notre hôte, Howardson ! »

Je ne sais plus où j'avais lu que les hommes les plus sexy de la planète étaient les Irlandais... En tout cas, Howardson misait à fond sur ses origines ; pull irlandais, bar à whiskys irlandais, et musique de folklore irlandais qui valsait à plein temps sur une playlist sans doute passée entre les mains d'un professionnel.

« Oh, alors vous êtes des amies et toutes les deux votre prénom, bon, il commence par un A », dit Howardson dans un français poussif.

— *Amazing*, hasardé-je, *nice to meet you* ! »

Howardson n'en finit pas de nous expliquer à qui donner nos manteaux et de nous vanter les cocktails du barman qu'il a engagé ; j'ai soudain peur de m'ennuyer. Alice n'a pas encore quitté le vestibule que la voici déjà reconnue et saluée de loin par des mains levées dont elle devra faire le tour… Et il y a au moins une cinquantaine de personnes formant des corolles de deux à six pétales à travers l'appartement. Parfois un pissenlit isolé qui attend, seul avec son verre, qu'un souffle chaud vienne l'amuser. Sans doute tous ces gens sont-ils plus intéressants et aussi bien habillés les uns que les autres, de pays et de continents variés ; sans doute aussi une autre Libanaise se trouve-t-elle parmi eux, avec qui je pourrais rêver de lancer du Fayrouz entre deux accords d'*irish guitar*. Mais, pour l'heure, il me semble qu'aucun des convives présents ne livrera ses profondeurs ni ne provoquera le genre de bagarre ou de fou rire qui rendent une soirée unique. Chacun commencera la conversation en demandant : « Comment connais-tu Howardson ? », ce sera le jeu des enchères pour celui qui le connaît depuis le plus longtemps, ou de la manière la plus insolite. On parlera de ses films, de leur travail ou de leur amitié avec lui. De l'ambiance sonore. Des grandes pièces, des plafonds lointains… Le *I love Paris*, dans toute sa splendeur.

« Aïda, viens par là, ma chérie, tu es encore dans ton coin avec ce maudit téléphone, on dirait Diane, j'ai tellement de gens à te présenter ! »

L'espoir de rencontres propices, je commence à faire une croix dessus. Même ma scène dans le film produit par Basil a été supprimée au montage. C'est Alice qui me l'a appris. Elle tremblait de me l'annoncer, parce que je m'assombris vite en ce moment, mais elle ne voulait pas que je sois déçue en le découvrant au soir de l'avant-première ! Et je n'ai pas eu l'occasion de revoir Basil. Mon amie me tire par la manche, puis s'arrête net.

« Aïda, c'est horrible ! »

Elle cesse de jouer avec ma manche et m'arrache presque le cou en tentant de lire l'étiquette sur ma tenue.

« Mais qu'est-ce que tu regardes, Alice, arrête donc de me torturer, il n'y a pas de trou, je te jure que je l'ai achetée, celle-là ! »

Howardson vient vers nous au moment où Alice se met à rire d'une manière si démonstrative qu'on dirait Laurel et Hardy réunis. Il applaudit en marquant un temps entre chaque claquement.

« Look at you! My two charming twins! It's not just the "A", there's also something else! »

Une combinaison en jean avec un col roulé de coton noir par-dessous et des escarpins très hauts – c'est si cocasse, en effet ! Alice et moi sommes habillées exactement pareil de la tête aux pieds, et sans nous être concertées ! Comme à l'âge où nous faisions le mur en prétextant une pyjama party, et que nous découpions dans les magazines des tenues à imiter avec les moyens du bord… Alice se faisait acheter des copies. Mon père rapportait des coupons de tissu de chez le tailleur qui l'employait.

Alice me plante avec Howardson, qui me dévisage longuement (il a vraiment l'air de prendre son temps pour tout, ce type), et se précipite aux toilettes. Elle en ressort somptueuse, chaussures à la main. Rouge de s'être débattue avec le sous-pull qu'elle a enlevé et qui a ébouriffé joliment ses cheveux. Affreusement désirable.

« Oh, mon *actress* est *an* comtesse aux pi-ieds nus ! » l'admire Howardson, qui continue cependant à me fixer avant de retourner à ses autres invités, impatients de se rapprocher du maître, n'osant toutefois l'interrompre.

« Il est impressionnant, hein ! Allez, ne scotche pas, cette fois-ci, on y va ! Dan t'a bien donné la permission de minuit, ma chérie ?

— Ne te moque pas, en attendant c'est toi qui as l'air d'une Cendrillon avec tes chaussures à la main. Les gens vont croire que tu couches avec Howardson si tu te balades pieds nus toute la soirée sur son parquet, non ? »

Déterminée, elle pose ses chaussures par terre et m'embarque. Tandis qu'un serveur en gilet et plastron nous propose des petits fours, Alice me chuchote à l'oreille : « *Mon* chérie, ne t'en fais pas pour *mon* réputation, tout le monde sait ici qu'Howardson il est gay. Et il a *a* fi-iancé qui *plous* est. »

Troublée de ne pas être du « Tout le monde sait », alors que je lisais tout sur lui depuis la bonne nouvelle du rôle d'Alice, je ris avec affectation de sa manière d'imiter Howardson quand il parle français, mélangeant ou accentuant les mots au petit bonheur la chance.

« *Seriously ?* »

Je laisse Alice me promener. Accrochée à son bras, absente à moi-même, je suis dans mon meilleur rôle, quand soudain j'aperçois… Bon sang, mais c'est bien lui ! Que fait-il donc ici, en costume de velours vert côtelé ?

24

J'avais tout envisagé, fomenté des plans loufoques devant chaque vigile que je croisais (il en défilait autant dans mes magasins que dans mes rêves) pour jouer à imaginer comment, un jour, je retrouverais ce fameux Virgile. Parce que je savais qu'il aurait quelque chose d'important à me dire, quelque chose qui m'aiderait vraiment. N'avez-vous jamais vécu cet échange de regard avec un inconnu, à la caisse, sur un parking, devant le buffet de l'hôtel, où vous lisez soudain plus de vous-même ?

L'un de mes souhaits les plus chers était de pouvoir un jour retrouver Virgile. Et que, ce jour-là, face à lui, puisant dans son âme, je sois enfin en mesure de répondre sans esquive à son : « Pourquoi vous volez ? »

Virgile sort décidément d'un conte. C'est le bon génie qui apparaît, sans son turban. Que fait-il donc chez Howardson ? Garde rapprochée ? Sécurité ? Oui, ce ne peut être que ça : un homme célèbre qui reçoit des dizaines de personnes, même s'il les connaît toutes, on ne sait jamais. Peut-être même que… Virgile avait-il démissionné du Printemps et était-il maintenant tout le temps avec Howardson ? Obligé à porter du vert de la Saint-Patrick pour son service ? J'avais lu dans *Match* que le réalisateur recevait des menaces de mort depuis son dernier film.

Étrange, Virgile n'a pas d'oreillette, ou alors quelque chose de très discret, et semble plutôt se mêler aux invités en ami. C'est peut-être pour détourner l'attention, tandis qu'un pistolet contre son cœur veille pour protéger son client ?

« Champagne, madame ? »

Ce serveur connaît décidément bien son métier ; j'ai besoin de me donner du cœur à l'ouvrage.

Virgile me reconnaîtra-t-il, si j'ose m'approcher ? Il n'est pas trop tard pour m'enfuir en courant, et j'avoue que l'idée d'un bon film au chaud sous la couette avec Dan fait paisiblement surface dans le paysage. Dire que mon beau roux, l'un des rares à ne jamais porter de vert, passe la soirée seul ! Mais non, ne te défile pas, Aïda, il faut comprendre ce hasard. *Az-zhâr*, la chance, en arabe. Un jeu de dés, aussi.

Alice est repartie vers un autre groupe, toute guillerette…

« Champagne, mademoiselle ? »

Joie, il y a deux serveurs, ou bien ma vue se trouble ! J'ai déjà sifflé ma coupe ! Je bois le nouveau verre cul sec, et je fonce vers lui. Si j'attends encore, je pense que j'en suis quitte pour le magnum. Et Dan n'aime pas du tout l'idée que « madame » rentre très alcoolisée d'une soirée parisienne.

J'ai dû avancer trop vite, la tête me tourne, j'ai bu du whisky aussi, je crois. Petite pause.

Dans l'un de mes scénarios, je récupérais Virgile un soir au Printemps Nation, avec la belle voiture de Dan. Je le laissais raccompagner le directeur au parking, le saluer, ressortir. J'avançais le véhicule de quelques mètres quand il pointait. Pile au moment où il relevait son col et sortait son portable pour consulter ses messages, j'ouvrais la portière et j'ordonnais, avec le sourire : « Montez. » Ma détermination à le kidnapper et le mettre à l'abri du froid le bluffe. Virgile ne me remet pas tout de suite, mais il trouve l'accueil agréable, surtout quand il comprend que je propose de le raccompagner à Gif-sur-Yvette. Il ne me demande pas comment je sais qu'il vit là-bas. Le flair est son instrument de travail le plus développé, il sait qu'il peut avoir confiance, au moins pour le trajet. J'allume la radio, le périphérique est plein, il pleut sur le pare-brise comme il pleut sur mon cœur. Là, au moment où paraît le premier Ibis, je déverse : « Virgile, il y a quelque temps vous m'avez posé une question. Voilà, j'ai réfléchi, et je peux vous répondre. » Silence. « Je vole parce que… » Version 1 : Virgile, soulagé, tapote mon épaule avec un air de révérend américain qui pardonne, avant d'entonner un gospel ou un blues rock. Version 2 : Virgile me prend pour une folle, mais il sait qu'à cette heure, malgré l'embouteillage des débuts, ça ira quand même plus vite qu'avec le RER B : il ne me demande donc pas de le débarquer à la prochaine porte. Bien au contraire, il ouvre en grand ses oreilles, de crainte que je ne rate la bretelle par dépit.

Oserai-je lui raconter ?

Trop tard pour les questions existentielles, le voici maintenant qui se dirige vers moi d'un pas sûr. Je manque de trébucher sur la gamelle d'un chien en tentant de lui échapper. Misère !

« Adélaïde ? Adélaïde Zadkine ? »

Je ne bouge plus d'un poil. Je m'attends presque à ce qu'il poursuive par « Vous êtes en état d'arrestation », parce que c'est le ton qu'il a pris. De son côté, il semble prendre mon état de sidération (mêlé d'un début d'ébriété) pour un oui.

« Quelle joie de vous revoir en de meilleures circonstances. Je suis Virgile, vous vous souvenez, dans le grand magasin ? Enfin, je dois vous confesser que mon nom ici est plutôt James. Ça m'allait bien, Virgile, qu'en pensez-vous ? »

Les choses prennent un tour très inattendu, on dirait.

« Vous vous trompez de personne, je ne suis pas celle que vous croyez ! »

C'est sorti tout seul, au moment où il se rapprochait d'un pas de plus, comme pour scruter ma réponse sur mes lèvres… ou me sauter au cou ! J'avais oublié à quel point il était grand. Ces retrouvailles arrivent finalement au mauvais moment et au mauvais endroit.

Je ne suis pas crédible, Virgile-James est tout sourire :

« Je vous ai bien observée depuis le poste de contrôle, vous savez ! Vous leviez la tête systématiquement à chaque caméra. Caméra 35, caméra 22, caméra 7… On aurait dit que vous connaissiez la place de chacune, alors que je suis persuadé du contraire : vous les détectiez plus qu'elles ne vous détectaient… Vous leur faisiez du charme, vous leur demandiez "pardon, un bisou, un tuyau, *how do you do*, regardez-moi, qui c'est la plus belle de tout le royaume ? faites comme si je n'étais pas là…" Oh, je vois que je vous fais rire, ça me plaît ! Vous semblez être une grande comédienne, Adélaïde. Pardonnez l'expression, ma chère, mais vous faites l'amour à la caméra, comme on dit dans le métier, à Hollywood comme chez moi en Irlande, quand on aime une actrice. *You truly damned have a love affair with the camera, dear ! With cameras*, devrais-je dire ! Je suis noir et franco-irlandais, oui, ça vous étonne ! Et je suis gay. Autre chose, je me suis converti à l'islam cet été, comme Mohamed Ali, mon idole. Un dernier détail encore, après un passage chez les alcooliques anonymes, je suis sobre, je ne bois que de l'eau. Je parle trop parce que je suis timide. Et vous, comment allez-vous depuis ? »

Je cherche Alice des yeux, mais impossible de la retrouver. J'ai l'impression que le nombre des invités a doublé depuis tout à l'heure (en même temps que le nombre de Virgile), ou bien j'étouffe !

« C'est vrai que vous n'étiez pas aussi bavard la dernière fois ! Moi, ça va bien, merci ! Serrons-nous la main ? Aïda, pour les intimes, réenchantée ! Ne dites rien de notre première rencontre à notre hôte. S'il vous plaît ! L'amie qui m'a amenée ici va interpréter le premier rôle dans son prochain film et je ne voudrais pas que... Enfin, vous voyez ? Vous êtes bien ici pour la sécurité d'Howardson ? Vous devez en voir de toutes les couleurs avec lui ! Et je ne parle pas de tout ce vert, sur vous... Tenue de travail ? Je m'en doutais ! Vous êtes syndiqué ? Il devrait y avoir une loi contre l'obligation de porter du vert irlandais ! »

Penché en arrière à s'en briser les côtes, Virgile-James part d'un grand éclat de rire. Je ne peux m'empêcher de penser qu'il serait un parfait partenaire de comédie pour Alice. Il me dit que l'on discutera mieux plus tard dans la soirée, si je ne file pas comme Cendrillon. Pour l'heure, il doit aller prévenir Howardson de l'arrivée imminente d'un invité qu'il attend plus que les autres.

Reprenant son sérieux, il ajoute :

« Vous prenez aussi divinement la lumière. Ce sera notre second secret de la soirée : Howardson le pense aussi. »

Alice revient, surgie de nulle part. Je n'ai pas le temps de lui demander où elle avait disparu tout ce temps : Howardson réclame l'attention de toute la compagnie et claque deux fois des mains, plongeant d'un coup de baguette magique l'appartement dans la pénombre. Maintenant, seuls les calmes réverbères de la place éclairent l'appartement ; un gâteau d'anniversaire va arriver. « *Happy birthday to you, James !* »

« Tu as parlé avec James, le grand chef opérateur et le grand amour d'Howardson ? me demande Alice par-dessus mon épaule. Il joue aussi parfois dans des films, il est dans une série qui cartonne en ce moment. Un homme adorable ! »

Je ne suis plus à une surprise près. J'attendrai demain pour mettre de l'ordre dans mes idées et tout lui raconter. Elle a plongé le nez dans la poudreuse, c'est évident. J'aurais peut-être dû, moi aussi. Mais non, ça ne me réussit pas…

« Oui, et ce n'est pas la première fois. On rentre ensemble ? »

25

Le dimanche a été très doux. Il faut croire que j'avais eu ma dose d'émotions fortes, et que j'ai endossé sans frustration le rôle de mère et d'épouse modèle. Je n'ai même pas été tentée par un petit tour de piste à l'un ou l'autre des deux Monoprix du coin, pourtant ouverts. Pancakes maison au petit déjeuner, crêpes maison au goûter, avec des ustensiles dont je m'apercevais, à ma honte, qu'ils n'avaient encore jamais servi. Le genre de chose qui n'arriverait jamais à Ritta !

En reprenant l'ascenseur ce lundi, j'étire mes paupières face au miroir, pour lisser les plis. Je vieillis, ce ne sont pas uniquement les effets de ma soirée de samedi. J'aurai été véritablement mère sans réaliser mon rêve de scène. Trop tard, maintenant, pour le rôle de ma vie, soirée chez Howardson ou pas, qu'est-ce que ça pouvait changer ? Plus qu'à monter un atelier théâtre au lycée, et tenter de ne pas laisser transparaître mon aigreur. Jouer au papa et à la double maman jusqu'à la fin. J'envoie un audio à Alice, qui ne m'a étrangement pas encore appelée ce matin. Je lui dis que je renonce, et qu'on n'en parle plus. Je ne jouerai jamais de grands rôles. Je n'irai plus aux soirées avec elle, on se verra seulement toutes les deux et ce sera très bien comme ça. Je resterai toujours la plus heureuse de ses succès et je l'accompagnerai dans l'ombre aussi loin qu'elle ira. Je plaisante aussi, pour ne pas lui sembler *drama queen* une fois de plus : « Et puisqu'il paraît qu'on se ressemble comme deux gouttes d'eau, si tu as besoin que je te double, n'hésite pas ! »

J'ajoute : « Il faut qu'on se voie vite ! »

Éclaircir le dossier « Virgile *vs* James » mérite bien un café dans la semaine… C'est fou, ça ! L'énigme a été inversée d'une drôle de manière. En un week-end, je suis passée de : « Que fait un homme comme lui dans les cachots du Printemps Nation ? », à : « Que fait l'homme du Printemps Nation dans la cage dorée d'Howardson ? » Chef opérateur et vigile ? Comédien en préparation d'un rôle ? Le naturalisme est à la mode chez les acteurs, ils enquêtent sur leurs personnages comme Zola pour les siens, remuent jusqu'à la fange, comme cette actrice qui s'était inscrite comme femme de ménage dans une société pour s'entraîner. Je pourrais porter plainte, il s'est moqué de moi, ce James, d'une certaine façon. Mais je pouvais difficilement attirer l'attention sur la situation initiale de cette histoire.

Chassons ces pensées, le rendez-vous avec la partie de Qui est-ce ? peut attendre. Rolls m'a fait un mot d'excuse, je n'irai pas travailler, à moi la journée d'école buissonnière !

Depuis la porte de Versailles où je suis descendue, bus 62, bus 80, la longue rue de Vaugirard m'aspire comme une paille. Je me reflète allègrement dans chaque miroir ; mon portrait tel que je l'aime se recompose. Prête pour une grande vadrouille à travers la ville ? Je me promets que je ne volerai pas.

Oh, je pourrais bien prendre la ligne 12 vers le Bon Marché, rien que pour voir comme je contrôle aujourd'hui, mais ne tentons pas le diable… Au temps du *Bonheur des dames*, au moins, les grands magasins disposaient de salons de lecture, peut-être y aurais-je déposé mes fatigues et mes pulsions ? Peut-être, au contraire, y aurais-je soigneusement accommodé mon butin, le faisant glisser de mon manchon à mes amples poches, pour le mettre à l'abri des « inspecteurs des magasins ». Les autres dames m'auraient saluée du chapeau, avant de replonger dans leur Zola ou leur broderie. Sûr que Lucifer, je le piétinerai bien aujourd'hui en bifurquant séance tenante rue Blomet !

Comme ça sent bon, ce fumet de chlore qui s'évade de la piscine, j'aspire profondément, je renais. Une dame qui nourrit les pigeons lève la tête. Elle me donne faim, avec sa baguette à la main. Qu'à cela ne tienne, un assortiment de kebbés chez Noura, et je reprends la route en direction de la poste qui se trouve à côté de la médiathèque Marguerite-Yourcenar. J'ai travaillé au lycée d'en face. Je me sens si libre d'être de l'autre côté du grillage ! J'ai encore faim, ce doit être l'hiver. De toute façon, les périodes où je vole beaucoup, je maigris. Je peux m'empiffrer autant que je veux, j'ai juste à attendre la prochaine vague pour fondre comme Alice quand elle joue tous les soirs. La descente après le tomber du rideau ne lui donne pas plus de fringale que ça. Au lieu d'aller dîner avec les autres, elle monte tout en haut, au dernier rang, contemple le plateau vide et pleure. « J'aime me noyer dans les théâtres qui sont de grands vaisseaux, l'Odéon, le Théâtre de la Ville… » confie-t-elle à la presse. Quelle diva, mon Alice ! Moi, je me recroqueville dans mon cagibi. « Je me déloge, quand je joue, il faut enlever tellement de masques pour arriver à devenir une actrice convenable », dit-elle aussi. Elle ne parle plus de ce vieux truc d'avoir trouvé sa vraie famille au théâtre, depuis qu'elle a Diane. Sur les tournages, c'est une autre histoire. Un feuilleton qu'elle a du mal à raconter.

En face de la poste, des chariots de courses de toutes sortes sont alignés les uns derrière les autres. C'est étrange mais, semblables à une armée de Myrmidons, ils font la queue à la place de leurs propriétaires. Des femmes surtout, assises, collées les unes contre les autres au-dessus d'une bouche d'aération du métro. Quand je m'approche pour leur demander ce qu'elles font, elles me laissent une place. Je m'assois, de toute façon j'ai du temps, et il fait bon être coincée entre ces deux Africaines, qui continuent de parler ensemble au-dessus de ma tête. Elles m'enserrent de chaque côté avec leurs poitrines pas moins en verve que leurs lèvres et ça me berce, je m'endormirais bien là, entre leurs effluves de mangue et de pommade. Une femme rousse apparaît en face, et la légèreté s'en va d'un bond. Je sens les cœurs s'emballer autour de moi ; les Africaines se lèvent et tout le monde se poste vite près de son caddie, l'air hagard. De temps en temps, des têtes se contorsionnent pour jeter un œil au reste de la file. La rousse fait entrer les caddies les uns après les autres, son stylo pointé semble diriger les voix qui reprennent de plus belle. J'ai mis le temps mais je comprends enfin : c'est une distribution alimentaire. Je n'ai plus qu'à reprendre ma route. Rentrer, peut-être ?

Quelques heures plus tard, Rada m'ouvre la porte en grand, comme d'habitude. C'est elle qui récupère Charbel le lundi. Elle reconnaît mon pas dans le hall et commence à faire tourner la clé dans la serrure avant que je ne sonne. On dirait que je suis la septième merveille du monde, quand elle me regarde. Charbel accourt derrière elle, s'agrippe à moi, joyeux. Rituel de chiot. Dina est au Conservatoire avec la baby-sitter.

« Charbel, on va au parc ? Tu ne prends jamais l'air, les arbres, le soleil, ça ne te dit rien ?

— Non, maman, moi je veux être libre.

— Ça veut dire quoi être libre, pour toi ?

— Tu sais, quand on vole quelque chose et qu'on est attrapé par la police, on n'est plus libre. »

Je pâlis. J'avais oublié, comment ai-je pu ? Je ne suis pas rentrée directement après l'épisode de la distribution alimentaire. J'ai bien évité les grands magasins, mais j'ai fait une bêtise bien plus grave à la place. Une première dans le genre ! Je tremble tellement, sous le coup des mots de mon fils, que le caddie à fleurs que je tiens encore à la main manque d'en tomber à la renverse. Il m'est arrivé de sortir avec un chargement de courses un jour de dèche étudiante sans passer par la caisse, mais voilà que, dans un moment d'inédite folie, j'ai volé ce caddie déjà payé par quelqu'un d'autre. Il était là, posé devant un magasin où ses propriétaires étaient entrés. Quelle bêtise ! Pourquoi ? Je l'ai embarqué chargé à ras bord, lui-même tout neuf. Une étiquette pend encore, avec son prix exorbitant et la mention : *acheté au BHV.* Justification du coût : « Pétales peints à la main en Inde, doublure en peau de mouton d'Irlande. » Du vol à tous les étages.

Je ne sais vraiment pas ce qui m'a pris, je me suis sentie démunie quand les Africaines m'ont laissée sur le trottoir. Je ne me cherche pas d'excuses, je reconstitue simplement les faits qui ont précédé le crime.

Me revoilà plongée plus tôt dans la journée, sur le pavé sec. J'avais très envie de retrouver les deux femmes dans la file, de faire la queue avec mon caddie moi aussi, pour profiter encore de leur chaleur. Pour en sortir aussi un peu apaisée, contenue, emmaillotée, pour commenter, se montrer les unes aux autres les paquets de sucre et les biscuits, faire mine de ne pas être contente parfois, d'être une consommatrice comme les autres : « Tiens, ils ont changé la marque cette fois. » Ou ravie : « Tu as vu, c'est les bonbons qu'ils veulent tous en ce moment ! » À mon âge, on ne peut pas juste se poser à côté d'une bande de filles et leur demander si elles veulent bien qu'on soit amies. Et quand bien même, elles auraient vite honte de leurs chez-elles, et moi de mon chez-moi. Mais comment est-il possible de gérer si mal la frustration, au point d'aller ensuite commettre l'indicible, à deux pas ? Est-ce ainsi qu'agissent les grands criminels ?

« Diriez-vous que ces vols font partie de votre économie de ménage ? » m'avait interrogée froidement la psychiatre que j'avais consultée en urgence au moment de mes vols avec enfant… Et aussi : « Vous avez l'air d'attacher beaucoup trop d'importance à qui vous a offert telle ou telle chose, dans votre discours. Réfléchissez, il y a aussi de l'affectif dans tout ça. » Merci, pas besoin. Je sais très bien que, même bombardée de projecteurs, une vitrine reste froide. Elle m'avait proposé de me faire accompagner par un soignant, dans les magasins. Une thérapie par l'exposition. J'avais refusé, songeant aux femmes nécessiteuses qui remplissent un caddie sous la tutelle d'une travailleuse sociale ou d'une bénévole du Secours populaire, calculatrice à la main. Comme les Africaines qui m'avaient réchauffée.

Rada ressemble aujourd'hui à l'affiche originale de *Mère Courage et ses enfants*. Elle soutient son dos à deux mains, étire son échine comme si elle venait de poser les bras lourds de sa carriole. Son fichu commence à couler sur ses cheveux, elle le rabat vite et tente d'y enfouir toutes les mèches de devant. Une des douairières de l'immeuble la surnomme « la romanichelle ». Parfois, elle a l'air si vieille et fourbue… D'autres fois, la voici jeune fille au bal. Je pousse un peu le caddie sur le palier. Je le fais disparaître, le temps que ma tête lui invente une histoire, au cas où je devrais en dérouler une. C'est une certitude, je n'en ai pas fini avec le vol des magasins, et un nouveau chapitre s'ouvre. Désormais, je pille la vie des autres.

26

« Maman, regarde ! Quelqu'un a mis ça dans mon cartable pour me faire la surprise. »

Charbel me tend un livre. *Le Buveur d'encre*. J'avais promis de le lui offrir l'autre jour, quand j'avais eu l'air bizarre avant une « tournée ». Mais ce n'est pas moi qui ai fait ce cadeau. Je crois que je suis incapable de penser à surprendre joliment mes enfants. Je retourne le livre de Charbel. Je ne comprends pas tout, mais je me sens cernée : il y a une histoire de pickpockets là-dedans, ça, je l'ai bien lu !

Les limbes de Charbel m'envoyaient-ils un de ces messages enfantins cachés comme dans une bouteille à la mer ? Cette maman qui ramène tout le temps des trésors à la maison, pas plus tard qu'hier un nouveau superbe vide-poche doré à l'or fin qu'il fallait faire attention à ne pas abîmer avec les clés, c'était un peu étrange à la fin. Jean Marais racontait dans une archive que sa mère faisait comme moi : « C'était Noël tous les jours avec elle ! » Elle se créait des personnages : femme enceinte pour cacher des renards de chez Revillon sous ses jupes, par exemple. Ses rôles, Jean Marais ne les a pas volés… Mais il doit sans doute une partie de son talent à l'art de sa mère.

Oh, et puis… Je ne suis peut-être pas une si mauvaise mère. Et je peux encore prouver que je suis une actrice. Ce n'est pas si vrai que je renonce, pourquoi est-ce que je m'inflige des idées pareilles ? Une part de moi y croit encore, malgré tout, je vais effacer le vocal pour Alice, elle ne l'a pas encore écouté ! Mais qu'est-ce qu'elle fabrique ? Happée par Howardson à ce point ? « Vous prenez divinement la lumière… Howardson le pense aussi… » Ainsi donc, je prenais toujours bien la lumière, pas seulement à la manière du papillon de nuit qui se brûle à celle des spots… Et jamais je ne m'étais approchée aussi près de celle d'un génie de la trempe d'Howardson !

Toujours campée sur le pas de la porte, les yeux baissés, en attente de je ne sais plus quoi. Le sol en mosaïque m'apaise, je détaille un à un les petits pavés, le ciment rassurant et inégal autour de chacun. Les carrés aux tons ocre et noir me ramènent aux territoires romains de Baalbek, dont j'ai tant parcouru les ruines. Le Liban me manque, ça fait longtemps. La montagne, les arbres ? Le *Cedrus libani* existe depuis dix-huit millions d'années, vous le saviez ? Il peut vivre des centaines d'années, mais comme l'État vole le peuple, le peuple coupe des cèdres pour se chauffer.

Et pendant ce temps…

Rada et Charbel sont retournés à l'intérieur. L'une appelée par la sonnerie du téléphone, l'autre pressé de finir un dessin animé avant que je ne le lui interdise. « Tu en regardes trop, tu en regardes toujours trop. » Ils m'ont plantée là, le livre dans une main, le caddie dans l'alcôve. J'avais décollé. Encore une de mes rêveries : je ne m'étais aperçue de rien. Les envolées devenaient préoccupantes, pourvu que ça ne m'arrive pas trop souvent en cours (quand par hasard je pointe)… Ça commence peut-être comme ça, « Zaïmer », la maladie de l'oubli prononcée par mon grand-père. *Respire, jusqu'ici tout va bien : Charbel a dû croire que tu mettais trop de temps à déchiffrer le résumé. Et l'occasion a fait le larron.*

« Charbel, j'ai la flemme d'enlever mes chaussures pour entrer te sermonner, mais j'entends très bien la télé, tu m'éteins ça tout de suite ! »

Rada hurle en roumain, je ne comprends pas si elle est en colère ou si elle plaisante. Elle frappe sa cuisse régulièrement, j'entends les *flap* du lourd tablier qui rythment la conversation : un drapeau qui joue avec les vents contraires, et, peut-être, la dernière musique de son mari. C'est une habitude chez elle, depuis sa mort.

Les voici à nouveau tous les deux dans l'encadrement de la porte. Charbel me reprend le livre des mains. « Qui te l'a offert ? » Rada hausse les sourcils, c'est Dan évidemment, le mari que toutes les femmes rêveraient d'avoir. Si élégant, et sûr, en plus ! « Vous avez de la chance, Aïda, c'est pas tous comme ça ! » Que cache Dan que mes yeux ne sauraient voir ? Quand nous écoutions Jean Marais raconter les « vols à l'étalage » de sa mère, je scrutais son visage, si enjoué et fasciné.

27

Il faut que j'arrête de fixer mes pompes, je dois m'occuper de mon fils, reprendre une journée ordinaire et faire un sort à ce maudit caddie ! Aïda, calme-toi, tu es en sécurité à quelques pas de Rada, la seule autre étrangère de l'immeuble. Elle te comprendra et te protégera toujours ! Vous en aviez ri au début, Rada et toi : vous êtes toutes les deux les filles d'indésirables de la République. Les Arabes, c'est des voleurs, les Gitans aussi.

Résultat, Dan rejette un peu Rada, qui doit lui évoquer l'aspect « métèque » de sa mère, ou de la mienne. Moi, Aïda, c'est différent, j'ai été lessivée par mégarde au lave-plus-blanc de la ville où j'ai grandi. Il dit « ma Libanaise » pour se moquer ou s'attendrir, jamais pour me comprendre. Nos enfants ne s'appellent pourtant pas Jeanne et Serge !

Rada est si belle, dans l'encadrement de sa porte. Aujourd'hui, on la dirait finalement plus peinte par Courbet que photographiée par Brecht. La femme assise des *Cribleuses de blé*, semblant jeune cette fois.

« Ça a été avec Charbel ?

— Très bien, comme d'habitude, il est très sage garçon. Je lui dis reste là, fais ton travail, et il fait tout comme je dis. Il m'a même aidée à balayer le salon. »

En parlant, Rada mime tout : l'enfant qui s'assoit, le crayon qu'il tient, tête baissée sur son cahier. Et le geste du balayage. Elle croit que ses mots sont insuffisants à se faire comprendre, une tare d'immigrée. Je lui apporte des manuels de français, on en reçoit tellement au lycée. On converse aussi, et je la reprends à sa demande quand ça ne va pas. Là, je contiens difficilement un rire nerveux, elle devrait se méfier des enfants sages. Un célèbre proverbe libanais ne dit-il pas : « Ce n'est pas parce qu'un loup te montre ses dents qu'il te sourit » ? En même temps que cette pensée me traverse, je conjure une fois de plus celle du mauvais fruit de l'hérédité qui tomberait d'un jour à l'autre sur le front innocent de Charbel. J'ai si peur. *Si Charbel si, si Charbel si...* Mon Charbel ! « Histoire de Dieu », en araméen. D'autres fois, c'est pour Dina que je m'inquiète. De toute façon, une double mère doit toujours s'inquiéter, non ?

« Maman, on a un nouveau caddie ? Moi je veux pas qu'on change, l'autre il est bien, tu te souviens quand tu nous as mis dedans en entier pour nous promener parce qu'on était trop fatigués pour marcher ? On sortait juste la tête, ça faisait rire les gens dans la rue. »

Notification : « Aïda, réponds, il faut que je te parle de Paul ! »

Réponse : « Plus tard, Alice ! »

Elle disparaît presque toute une journée et maintenant, elle revient pour me parler de qui ? Paul ! On aurait dit que deux fantômes s'étaient donné la main pour me tourner le dos !

Rada me tape sur l'épaule, je la fixe sans comprendre. Elle murmure : « Ça va bien ? » J'ai envie de lui répondre : « Non, ça va pas, ça va vraiment pas la tête ! »

« Rada, tu m'as fait peur, j'étais perdue dans mes pensées !

Certains moments, on se tutoie.

« Pardon, Aïda, j'ai rattrapé la jupe, j'ai eu du mal, je ne sais pas où tu es assise avec, mais regarde, madame, et dis-moi ce que tu penses. »

J'avais oublié la jupe rose. Rada me trouve de plus en plus distraite, elle s'inquiète pour mon mariage, j'imagine. Elle n'aimerait pas me voir franchir la porte du hall dans l'autre sens avec mes cartons. Il ne fait pas de doute pour elle que c'est moi qui devrais partir, et elle a raison, je ne possède rien de solide ici. Un trousseau de chimères ! J'ai envie de lui dire de garder la jupe, mais l'ourlet s'arrête juste en dessous du genou, et elle ne porte que des jupes qui vont au plancher. De toute manière, à part les foulards de la semaine, sa couleur est le noir. Son regard et quelques mèches argentées qui sortent du fichu noué sous le menton scintillent suffisamment sur les ténèbres. Je lui paie son travail et je la lui propose quand même, elle pourrait en faire des coussins, ou la revendre. C'est un beau tissu. J'ajoute qu'elle me porte malheur, pour entrer dans son registre. Elle refuse.

« C'est trop beau, il faut garder chez vous ! »

J'insiste, elle décline encore. On se chamaille avec la jupe roulée en boule maintenant, tant pis pour le brave repassage, elle me la jette sur la poitrine, je la lui pose sur l'épaule, elle finit par se pencher pour tenter de la faire entrer dans le caddie bourré à bloc. Charbel joue à l'arbitre, il entre dans notre ronde, s'accroche tantôt à moi, tantôt à Rada, pour nous encourager ou nous affaiblir. Ça dure peu, mais nous rions tous les trois comme des fous. Tandis qu'un habitant de l'immeuble en casquette de tweed nous toise en rappelant à lui son chien de bonne famille, le caddie se renverse. Rada est effrayée, elle se jette sur tous les produits pour voir si rien n'est abîmé, la détresse se lit sur son visage, elle s'excuse et tremble en tentant de remettre le contenu d'un shampooing dans la bouteille, les yeux si embués qu'elle ne voit même pas que le produit est sale maintenant. Je suis presque obligée de la secouer.

« Rada, ce n'est pas de votre faute, Rada, ce n'est vraiment rien du tout, inutile de vous mettre dans cet état ! »

Agenouillée, elle essuie ses larmes avec le pan de son fichu. Charbel s'accroche à son dos et lui cache les yeux.

« C'est qui ? »

Il veut la faire rire encore comme tout à l'heure, c'était si bon. J'ai peur qu'il l'écrase mais, au contraire, il la relève.

« Toi, tu es gentil petit garçon, le plus gentil du monde, Rada elle est un peu vieille maintenant… Montre ton pantalon ? Il faut pas l'abîmer par terre, tes parents t'achètent de jolis vêtements, il faut respecter. Va vite te promener avec ta maman, je vais te préparer de la mamaliga, je te monte pour ce soir, tu vas te régaler. »

Je sais qu'elle n'acceptera pas plus que je lui donne les vivres. J'ai si honte devant elle. Rada s'indigne souvent que de grandes dames du quartier jouent de la balance pour « sous-peser » les légumes, échangent les étiquettes pour payer les fruits du dragon au prix de la golden, et ne se fassent jamais inquiéter.

« En plus, à cause d'elles, les prix ils montent pour les braves gens ! »

Elle les insulte en roumain…

L'air devient trop lourd pour moi, il faut que je m'évade.

« Charbel, je pose le caddie là-haut et on sort, ordre de la direction ! »

Je range au frais ce qui semble aller au frais, je pose tout le reste sur les étagères et je planque le caddie derrière les valises, dans le dressing du fond du couloir.

En bas, mon fils se bagarre avec Rada, elle tient à lui attacher l'écharpe à l'arrière de la tête, de façon à lui recouvrir le nez et la bouche en totalité, pour le protéger du froid. Elle me demande pourquoi je ne lui achète pas de cagoule, mais il ne fait pas si froid l'hiver en France. Quand on sort enfin, nos souffles ne font même pas de buée dans l'air. Je reprends la discussion amorcée, je reprends mon rôle de mère normale. J'éteins les notifications de mon téléphone après avoir envoyé : « Occupée, je te rappelle ! » Le même message à Dan et à Alice.

« Tu veux donc dire que si je t'emmène jouer, tu es mon prisonnier…

— Oui, maman, je veux être libre de faire ce que je veux. Comme Luffy, il se bat pour être libre, c'est pour ça qu'il veut être le roi des pirates.

— Mais les pirates, ils volent…

— Peut-être, mais la police ne peut pas arrêter les pirates.

— Pourquoi ?

— Ils n'ont pas de bateau, et ils ne savent pas nager. Il n'y a que les pirates qui sont libres. Toi aussi, maman, tu es en liberté.

— À quoi tu vois ça ?

— Je sais pas, maman, mais comme on est une super équipe, je dirai pas à papa que tu es toujours en liberté. Tu es pas comme les autres mamans. Tu aurais pu être une pirate, toi aussi, au lieu de faire comme si t'étais la princesse.

— Tu crois que ça lui déplairait à papa, ce secret ? »

Charbel hausse les épaules, il a vu un copain, Dina va vite arriver, momentanément, je ne l'intéresse plus. Dina va lui montrer sa progression dans la chorégraphie des *Demoiselles de Rochefort* ; c'est mignon, quand Charbel entonne avec elle : « Nous sommes deux sœurs jumelles… » Nous avions aussi joué la scène avec Alice au collège, moi la brune, elle la blonde. Nous étions encore si différentes alors, malgré nos tenues !

L'autre mère me salue, on va entrer tous ensemble au parc, je vais être prisonnière de sa compagnie. Deux bonnes et longues heures, où je ne pourrai fourrer que du sable dans mes mains.

28

Je n'ai pas entendu Dan rentrer de « Ouaga » cette nuit, il m'a fait une peur bleue. Quand j'ai ouvert un œil, j'ai entendu l'appartement trembler de toutes parts, des tiroirs tomber, des portes claquer. Un bain semblait couler. Je me suis levée pour courir vers la chambre des enfants, téléphone à la main, numéro de la police composé. Et je me suis arrêtée net, la valise de Dan se trouvait dans l'entrée. Il a sursauté aussi en me voyant. « Chérie, qu'est-ce que tu fais debout à cette heure, rendors-toi, il y a école demain ! » Mais je ne pouvais pas… Pour la première fois, je trouvais que Dan… comment dire ? Il n'était pas très beau à voir. On aurait dit qu'il n'avait pas dormi depuis des siècles, son visage était crispé, ses cheveux, d'habitude toujours propres et coiffés (même lorsque nous étions seuls, il ne sortait jamais de la douche chevelure humide et pendante), semblaient aussi défaits que lui. Chemise boutonnée lundi avec dimanche.

« Qu'est-ce qui se passe, Dan ? »

Son ton est monté imperceptiblement quand il a repris :

« Rien, rendors-toi, je t'en prie, tout va bien. »

À ses pieds gisait un sac-poubelle avec un ordinateur portable et du matériel informatique. Je savais qu'il ne fallait pas trop insister, je suis allée me faire un café.

Discrètement, j'ai jeté un œil dans la minuscule salle de bains qui donne sur le bureau de Dan, celle que l'on n'utilise jamais. L'eau ne coulait plus, mais des documents étaient noyés dans une eau que je devinais bouillante, et d'autres attendaient leur tour. J'avais très envie de regarder ce qu'il était si urgent de détruire à cette heure-ci, mais Dan m'avait rattrapée.

« Pourquoi as-tu ton téléphone à la main, Aïda ? »

J'ai balbutié :

« Parce que j'ai eu peur, je voulais appeler la police. »

Dan me prend le téléphone des mains.

« On se pose sur le canapé du bureau, je dois te parler ! »

Il m'a d'abord longuement observée, comme lorsqu'il sent qu'un détail cloche dans ma tenue sans d'abord trop savoir lequel, puis il m'a reproché mon peignoir mal fermé.

« Ce n'est pas digne de toi. »

Étant donné sa mise à cet instant-là… Risible, Dan était enfin risible !

« Chérie ! Je ne voudrais pas t'inquiéter, mais je vais quand même être obligé de le faire. S'il y a quelqu'un qu'il ne faut vraiment pas faire venir chez nous, c'est bien un policier ! »

J'ai blêmi. Il n'avait pas du tout eu l'air de parler au second degré ! Je me savais protégée, par mes airs, mon statut, l'armada de psys que j'avais consultés… Par mon mariage avec Dan… Mais je vivais aussi dans la crainte de voir arriver une équipe d'enquêteurs qui retournerait tout l'appartement, à la recherche de preuves de mes larcins, puis m'emmènerait menottée à la vue de tous (Dan, mes enfants, Rada, la boulangère). Il y aurait deux femmes pour me fouiller, et deux hommes. Au temps de Zola, les rubriques des faits divers se nourrissaient aussi du sort des dames atteintes de « magasinite ». Certaines apprenaient même par cœur tous les symptômes de la maladie, pour mieux se défendre au cas où…

Pourquoi pas moi ? Des policiers qui, par exemple, m'auraient suivie jusque devant ma porte, un magasin qui aurait fait l'effort de porter plainte... Puisqu'ils multipliaient les tactiques pour nous attraper, allant jusqu'à utiliser des fausses ménagères chargées de cabas pour nous suivre dans les rayons, pourquoi ne pas nous livrer l'instant d'après ? Une mascarade de plus pour faire croire que les bourgeoises paieront pour leurs actes comme les autres ? Il y avait eu ce rendez-vous de rappel à la loi que je n'avais jamais honoré de ma présence – mais qui s'en inquiétait aujourd'hui, au milieu de la paperasse ? J'écrirais bien mes mémoires de voleuse, comme Vidocq, mais de mon côté (hélas ?) toujours rien à signaler, côté bagne.

Oui, pourquoi pas moi... L'autre jour, en face du lycée, dans le *Parisien* ouvert sur le comptoir du café, on pouvait lire qu'« un homme avait été placé en garde à vue parce qu'il avait changé l'étiquette d'un produit avant de le passer à la caisse automatique ». Le pauvre, il s'agissait d'une pièce de robinetterie dont il avait forcément grand besoin. Et moi je restais libre, plantée là, les bras ballants.

Dan s'est assis, puis il s'est aussitôt relevé, hésitant. J'attendais sa sentence. Il regardait par la fenêtre, quand il s'est mis à me parler. Je l'ai laissé soliloquer, me noyant dans le flot agité qui émanait autant de ses lèvres que de ses bras, qui me faisaient de nouveau face. J'étais tellement sonnée que j'ai mis du temps à comprendre que je n'étais pas en danger. L'un de ses poulains était à l'origine de la fuite de données qui avait fait le tour du monde dans la presse économique. Si la police venait m'interroger, je devais dire que je ne connaissais pas le travail de mon mari dans les détails. Évidemment, je n'avais rien remarqué d'étrange. C'était la vérité, de toute manière, je me perdais dans sa chimie, comme dans l'argent que ça pouvait rapporter.

« Ah, oui, dernière chose, Aïda… Si des agents venaient, il faudrait les laisser fouiller ce qu'ils voudront. Bien entendu, seulement s'ils venaient à le demander poliment, avec les documents nécessaires. »

Ai-je des antivols qui traînent à la maison, me suis-je tout de suite interrogée.

« Dan, viens te coucher, maintenant…

— Vas-y, toi, ma chérie, je préfère ne pas sombrer maintenant, j'ai bientôt une réunion avec le *board*. Tu gardes ton peignoir ouvert pour quand je te rejoindrai ? J'aime bien, finalement ! »

Sur le coup, je n'ai pas cru une seule seconde qu'il ait dit ça autrement que pour chercher à détendre l'atmosphère. Mais c'est oublier que Dan remonte à la surface aussi vite qu'un diable à ressort.

J'ai fait semblant de dormir, tête cachée sous la couette, en tentant de suivre de loin sa conversation avec les Américains, mais on n'entendait vraiment rien. Mon mari protège un voleur international, cette nuit me donne le tournis, je dois recomposer le tableau, y mêler quelques barreaux et des paillettes.

C'est vraiment bizarre de voir Dan dans cet état de trouble et de désordre ; et en même temps il y a quelque chose de joyeux, c'est presque un soulagement. Dan, qui n'oublie jamais de rapporter un bouquet de fleurs du marché. Dan, qui s'évertue à le cacher derrière son dos quand il sonne pour que je lui ouvre la porte.

Je tripote ma croix avec gratitude. La journée qui s'annonce risque d'être épuisante, mais je ne vais pas sécher mes cours. Je suis remise de ma grande frayeur, c'est déjà ça.

29

Mon cœur bat à tout rompre, mais je me lance. D'ailleurs, j'ai préparé un cours sur les écrivains voleurs, pour contenir mon émotion : « La célébrité de François Villon n'est pas toujours de bon aloi. Les doctes discutent pour savoir s'il n'a été que voleur d'occasion, comme plus d'un mauvais garçon de bonne famille, ou s'il fut vraiment un meurtrier patenté, affilié à la terrible bande des Coquillards », dit de lui Daniel Poirion, un spécialiste de la littérature du Moyen Âge, avant de mettre en garde contre la corde qui ne sélectionne pas la valeur du crime.

« Stella, tu veux bien lire ce passage, pendant que je le distribue à tes camarades ? »

Depuis un an, Mme de Boves volait ainsi, ravagée d'un besoin furieux, irrésistible…

« Ça va bientôt sonner, marquez dans vos agendas qu'il faut élaborer un plan de commentaire de ce texte de Zola pour jeudi prochain ! »

J'aime ce moment où la classe se vide. Je ne pars jamais directement après eux. J'ouvre une fenêtre et je contemple les tilleuls, qu'ils soient secs ou verdoyants. Leur floraison marque la saison du bac et annonce les vacances d'été. J'observe aussi mes élèves, quand ils sont dans la cour. Qu'ils se bousculent ou qu'ils s'aiment. Si mes yeux croisent cette adolescente qui se cache toujours dans ses boucles, son casque de musique et son livre, assise sur l'une ou l'autre des marches des classes du rez-de-chaussée, j'appelle Alice et je lui en parle. Elle m'intrigue beaucoup, même si je ne la connais pas. Elle a un nombre incalculable de Vans, j'en vois de toutes les couleurs. Je la surnomme « Dorée », je ne sais pas pourquoi.

Il y a quelque temps déjà, j'ai fait des recherches sur le sujet pour l'étude d'*Au bonheur des dames*. Cette année, je me suis décidée, je le donne à lire à mes élèves. Je ne rougirai pas des passages sur la folie de Mme de Boves et de ses comparses ! J'ai hâte de connaître leur avis sur les vols des femmes. Nous ferons ça en fin de séquence, sous la forme d'une dissertation à la maison, ils auront le livre sous la main. Pourquoi ne pas partir de cette citation de Rousseau : « Le vol n'était qu'une bagatelle, mais enfin, c'était un vol », et leur demander de la développer en l'appliquant au *Bonheur* ?

Une autre idée me vient, vite, que je prenne des notes : « Sous le Second Empire, quand le vol à l'étalage est devenu monnaie courante chez des dames, les docteurs présentent devant la Société de médecine légale des séances qui ont pour ordre du jour : "Des vols à l'étalage et dans les grands magasins", "Des voleuses dans les grands magasins"… Dans le *Bonheur des dames*, onzième roman de la série des *Rougon-Macquart* d'Émile Zola, publié en 1883, pensez-vous que la folie précède le crime, ou au contraire que le crime mène à la folie ? » Je dois le recadrer, mais c'est un bon sujet, je crois. J'en tremble et j'exulte, j'ai l'impression de faire mon *coming out*.

L'autre jour, un type à la radio expliquait qu'il y aurait des troubles de l'inhibition à imputer au cortex qui pourraient bien justifier l'attitude irrationnelle et obsessionnelle des toquées comme moi. Il paraît que dans les vols maladifs, plus l'objet piqué vaut *peanuts*, plus il faut s'inquiéter de la santé mentale de la dame.

« Dorée » vole-t-elle ses Vans ? Elle est assez menue, elle doit avoir la même pointure que moi. J'aimerais lui en donner une paire, une édition limitée. Elle les prendrait, vous croyez ? Un jour, je lui glisserai le *Bonheur des dames*, en passant. Les jeunes filles rêveuses lisent ce qu'on leur donne.

30

C'est samedi matin, tout va bien, ce n'est pas toujours le cas. Je me réveille souvent angoissée, le samedi matin : lutter contre l'addiction dans l'appartement plein, tout un week-end à faire comme si j'étais normale... Le yoga, en combinaison Savasana. Les devoirs des petits, les courses... Le baiser à Dan sur le pas de la porte quand il part courir sur les quais. Corriger les copies dans la cuisine. Prendre une douche, bien s'habiller parce qu'on rencontrera du monde qu'on connaît dans la rue. Trouver des activités à faire. Féliciter Dan quand il rentre à peine essoufflé, fier de me montrer sur son téléphone les courbes et les chiffres qui prouvent son effort. Manger, baiser, lire au milieu de tout ça. Quelques machines. Des messages aux amis. Une invitation pour l'un ou l'autre d'entre nous, ou bien nous deux, ou bien tous les quatre. Parfois, recevoir aussi, passer la journée à penser et organiser le menu. Quelques courses. Visiter une vieille tante à l'hôpital. S'asseoir sur le bord du lit et admirer la progression d'un rayon de soleil sur le parquet de chêne. Que fera-t-on les prochaines grandes vacances ? Et nos vacances en amoureux ? Pour une fois, je suis aussi ravie que Dan de retourner à une certaine normalité.

Rien n'est grave donc ce samedi, vous l'aurez compris. Dans notre cent soixante-dix mètres carrés parfumé Trudon jusqu'aux cabinets, je suis prête à tout l'ennui et à toute la joie. Peut-être utiliserons-nous la salle à manger, pour changer, à l'heure du déjeuner : ça fait longtemps qu'on n'y a pas mis les pieds, je crois même que je l'avais oubliée ! Quand donc a-t-elle été repeinte dans ce beau vert sauge ? Dire qu'elle avait arraché des cris d'admiration à ma mère, qui m'imaginait y rassembler toute la diaspora libanaise locale, recrutée dans les cafés du Trocadéro…

Les conversations seront comme je les devine : « Dan, soyons heureux », « Aïda, tu penseras à racheter du café en grain pour lundi ? », « Dina, tes poupées ! », « Aïda, tu es belle avec cette robe ! », « Charbel, arrête les écrans, regarde le ciel ! », « Chérie, tu peux me relire ce communiqué ? On le publie aujourd'hui pour rappeler à ces idiots qu'on a breveté mieux et avant eux ! », « Dan, tu peux m'aider, le rideau tombe », « Coiffeur à 16 heures, n'oublie pas, tes racines repoussent ! Essaie de prendre Dina avec toi, ses cheveux lui tombent dans les yeux ! Tu m'avais demandé de te le rappeler, Mrs. Zadkine. » Les boucles de notre fille, que Rada démêle patiemment chaque mercredi, obsèdent son père.

Dan décide d'allumer un feu.

« On est si bien à la maison, tous les quatre ! »

Étrange qu'il veuille rester tranquille le samedi matin, et avec ce ton-là. En général, il frétille déjà à 7 heures, tandis que je cache ma tête sous la couette, somnolente et extasiée de ne pas avoir à sortir tôt. Dan prépare le petit déjeuner des enfants et pose une théière fumante à mon chevet. Je finis toujours par la boire tiède, les angoisses encore enfouies sous l'oreiller. J'espère qu'il va penser à utiliser les pieds de sapin que j'ai récupérés en parcourant le quartier chaque soir de janvier : un trésor de bûches arrachées à la main pour me donner l'impression d'aller chercher mon bois dans les cédraies… Je décide d'être douce, moi aussi. Je pense que Dan veut se rattraper, même si je lui ai déjà pardonné l'incident de la veille, autour de Rada. Peut-être était-il surmené par cette affaire qui l'avait rendu fou au retour de Ouaga ? Hier, avec elle, c'était pourtant grave.

Rada avait sonné tard chez nous, confuse et les bras chargés, car elle n'avait pas monté la mamaliga promise à Charbel le jour où elle avait renversé le caddie. Nous ne l'avions pas croisée depuis, et je ne m'étais pas trop inquiétée : je savais que parfois, elle avait besoin du silence et du souvenir de ses quatre murs. Elle m'avait aussi avoué qu'elle cachait un jeune Gitan. Rada semblait avoir bu. Elle avait parlé d'abord très vite, le plat entre les mains, serré contre son ventre comme un bébé qu'une mère se serait trouvée dans la nécessité d'abandonner. Je le lui avais retiré doucement, puis je l'avais invitée à entrer s'asseoir sur le petit banc du couloir. Elle n'irait pas plus loin en la présence de Dan de toute façon, même si elle adorait aller murmurer des prières au-dessus de la tête des enfants endormis. Elle m'avait pris les mains, et, tête baissée : « Pardon, Aïda, pardon encore pour le caddie, j'ai tout jeté la nourriture de vous ! » Puis, c'étaient les sanglots, voilà, elle avait quatorze ans quand la charrette chargée de pains ronds que son père devait vendre au marché s'était renversée dans une mare de boue. Il avait commencé par lui demander de nettoyer tous les pains avec son tablier, mais, voyant qu'ils étaient tout à fait perdus, il l'avait battue à coups de pied à lui en crever le ventre. Tandis que Rada raconte à sa manière, je comprends à peu près ceci de ce qu'il a pu lui dire en la massacrant : « Tu portes malheur, depuis que tu es née, il vaut mieux que tu crèves ou que tu ailles te marier tout de suite, mais qui voudrait d'un épouvantail ? Tu es tellement maigre, quand il suffit de rien pour faire grossir tes petites sœurs ! Leur bouillie leur suffit pour devenir des femmes. Elles me font honneur, elles, au moins ! Comment je vais les nourrir, maintenant ? Et toi, tu manges comme un garçon et rien ne se voit sur ton corps, autant que tu disparaisses tout de suite, au lieu de me prendre ma farine pour rien… Et maintenant tu fais disparaître trois semaines de pain, sorcière, crève, crève ! Tu ne feras rien pousser dans ton ventre, ni charme, ni enfant, voilà ce qui arrive aux vilaines qui jettent le pain. » Il l'avait plantée là, entre la vie et la mort, hurlant encore : « Crève, crève ! » Déchirée par les clous du sabot et frigorifiée, elle se souvenait encore de la sensation de la terre humide qui l'ensevelissait à moitié. Le bruit de la charrette, le cheval qui s'ébroue avec peine, la roue sifflant contre sa tête prête à voler en éclats… Tout ça lui revenait parfois chez elle ici, à Paris, à des années et des lieues de là. Ma mère aussi avait eu de grosses larmes le jour où elle avait renversé un plat qu'elle venait de réchauffer pour Dina. J'avais eu beau lui dire que ce n'était rien, qu'il y avait assez à manger, que les magasins nous tendaient les bras juste en bas, que ma fille ne mourait pas de faim, qu'elle non plus ne risquait plus rien… Je ne parvenais pas à la ramener à la raison. Elle avait frôlé la crise de nerfs, secouée de tremblements devant le plat jeté au sol. Que peuvent comprendre les gens qui n'ont jamais eu faim, la manière dont ça tranche les tripes pour toujours ?

« Voilà, madame Aïda, je ne veux pas renverser la nourriture, je ne porte pas malheur à Paris ! » Les pans du foulard de Rada ne suffisaient plus à sécher ses larmes. J'étais allée lui en chercher un autre chapardé chez Manoush, roulé en boule au fond d'un tiroir.

Quand j'avais refermé la porte sur Rada, Dan était couché, il avait éteint toutes les lumières. Dehors, un maître appelait son chien : « Bridou ! » En passant la tête par la fenêtre, j'étais presque hilare, il s'agissait bien d'un teckel. J'avais envie de raconter ça à Dan, pour poser un peu le fardeau de Rada avant d'aller au lit, où fatalement il me hanterait. Mais, à l'instant où je m'étais approchée de lui dans la nuit, il n'avait rien trouvé d'autre à me dire que : « Dame courage est enfin partie ? On ne vient pas sans prévenir à 23 heures, Rada est bien gentille, mais il faudrait lui éclaircir les idées sur certains sujets… »

Je l'avais défendue ; Rada avait vu d'en bas que nous nous activions dans la cuisine, qui donnait sur la cour. Elle avait pris joyeusement l'ascenseur en pensant que nous venions à peine de le renvoyer avec nos derniers invités. Dan n'avait pas plus aimé ma version des choses : « Aïda, tu veux dire que Rada nous espionne ? »

C'en était trop, même si l'image de mère courage m'avait déjà traversé l'esprit en pensant à Rada, ce n'était pas sur ce ton-là. Alors j'ai dit cette phrase : « Tu ne lui reprocherais pas des manières de métèque, à Rada, n'est-ce pas, Dan ? » J'ai honte.

Dan aussi est un étranger. Sa mère, Juive d'Égypte, est désespérée d'avoir épousé un Juif de l'Est, « rigide comme une ceinture achetée au souk ». Mais Dan s'évertue à gommer ses origines comme il le fait avec les taches, les fissures et les trous. Au point que j'en oublie moi-même ses racines. Ma belle-mère me répète souvent : « Je suis une Arabe, moi, mon mari me l'a dit en croyant m'insulter chaque fois que je défendais ses fils. Pourtant, c'était lui qui piquait des colères de Cairote en manque de tabac à chiquer, s'il considérait qu'ils n'avaient pas été les meilleurs en maths, au match ou à la récitation des prières. Le résultat, c'est qu'aucun ne croit en Dieu. » À notre mariage, Dan avait supplié : « Ni Fayrouz ni chaussures dorées. » Et pourquoi pas « ni fleurs ni couronnes » ? Il avait asséché la gorge de nos mères à tous les deux, d'un simple geste. Tandis que nous scellions nos vœux d'un baiser, il avait fait non du doigt, à l'aveugle, en direction de l'assemblée, et celles-ci avaient compris tout de suite : du premier rang ne s'échapperait aucun youyou pour Aïda et Dan ! Pas plus de *mazel tov*, encore moins de verres cassés.

Il valait mieux que je me dissolve un instant dans la nuit, même si j'en avais peur. Même s'il n'y avait rien à y voler. Puis, c'était Dan le vrai voleur, le voleur de médicaments dus aux pauvres, le voleur de farines de toutes sortes. Le détrousseur du tiers-monde en pyjama de flanelle l'hiver, de coton doux l'été ! Le créateur de pénuries de pénicilline. Voilà qu'il n'est pas tranquille face à la seule misérable qui nous entoure ? « Rada nous espionne ! » Elle est envoyée par la CIA sur la piste du voleur de données, pendant qu'il y est ! Moi, même avec mes vols, je joue toujours dans la cour des petits. Celle dont je viens et dans laquelle je me balance encore, bien mal installée sur ma nacelle.

Quelques heures plus tard, au beau milieu de la nuit, nous nous étions à nouveau aimés au fond de la cuisine laissée en désordre. Dan regrettait. Dans son sommeil agité, il avait senti que je courais à la rencontre de l'extase prodiguée par mon Coca à peine décapsulé, ce grand moment de la première gorgée encore pleine de gaz qui étanche toutes les soifs de la nuit. Le reste de la canette finissait en général dans l'évier, au bord duquel elle rendait ses dernières bulles.

31

Les journées filent bien, j'essaie de me soigner de ma « magasinite », je vais à mon rythme. J'ai accompagné Dan à l'aéroport cette semaine, ça faisait longtemps. On a écouté un live de Lenny Kravitz dans la voiture, en roulant vite… Ce petit pincement au cœur du dépose-minute, sur les dernières paroles de *Butterfly*, nous a déchirés. Il rentre pourtant ce soir. Dan part signer un contrat pour un nouvel investissement à Nice, je n'ai pas tout compris, mais je lui ai donné des cadeaux à remettre à mes parents. C'est la première fois qu'il voyage, depuis cette nuit du retour de Ouagadougou.

Paul me manque un peu, surtout quand la voie est libre. Alice ne m'en a pas reparlé, bizarre. Pas plus qu'elle n'a cherché à savoir comment je connaissais James-Virgile, mais ça tombe bien, je n'ai plus aucune envie de développer le sujet avec elle ! Je ne vais pas insister, ce serait remettre les doigts dans la prise et j'arrive à me maintenir en état de sobriété dans à peu près tous les domaines, ces jours-ci. Je me tiens droite dans mes bottes, même quand elles sont très perchées. Mais j'ai des fantasmes de plus en plus farfelus : Dan et moi dans une cabine d'essayage, un inconnu et moi, une vendeuse et moi… Un vigile et moi, moi et moi… Peut-être parce que j'ai fini par consulter la nouvelle psy pour les petits vols (celle que j'avais entendue sur France Inter a accepté de me suivre !), et qu'elle est beaucoup plus fine que les autres. Déjà, elle ne fait pas de chichis, même la première consultation a eu lieu en visio. Ni dans le boudoir que j'avais mis en scène dans ma tête, ni dans l'un de ces cabinets bohèmes photographiés par Shellburne Thurber. Je m'étais enfermée dans le bureau de Dan, dont j'ai pu constater à quel point rien ne fuite quand la porte est refermée, la nuit rocambolesque de son retour du Burkina Faso ! Et puis elle, au moins, ne parle pas du tout d'« économie de ménage », comme l'autre pois chiche à qui j'ai eu affaire, mais bel et bien (et uniquement) de sexe. Tout le jeu avec les vigiles et les caméras, la caresse des objets. L'extase puis le remords, la sensation du mal accompli. L'adultère de la ménagère insatisfaite de son existence. Le sac ou les poches que l'on remplit. Le cœur qui bat la chamade, l'orgasme, puis le vide à nouveau. Le *freudian gangsta' style* dans toute sa splendeur, c'est la différence entre un pois chiche et le houmous ! Je ne suis d'ordinaire pas dupe de tout ce qui s'emboîte à la perfection, mais au moins j'avance et j'explore des pistes. Je veux vraiment pouvoir, un jour, répondre à la question du prochain vigile intelligent qui ne viendrait pas du cinéma.

Curieusement, donc, si mes petits vols sont du sexe, ils rétrogradent quelque part sur l'échelle de la honte, ce qui, vous le pensez bien, m'arrange. Et si le jeu du sexe est moins grave que celui du vol, et que je m'offre en personne à la dérobade, peut-être pourrais-je continuer à m'autoriser un Paul de temps en temps ? Décidément, j'aime ces médecins qui vous permettent de mieux vous glisser dans votre personnage. En vadrouille dans les limbes, drapée dans sa dignité (oversize de chez Max Mara pour elle aussi ?), ma conscience devra-t-elle toujours se chercher excuses et circonstances atténuantes en chemin ?

32

J'ai du mal à me démaquiller, je crois que j'ai forcé sur le fard. Il n'est que 22 heures, mais Dan a proposé que nous nous couchions tôt, pour changer. Je trouve ça un peu triste, cette nuit. Est-ce que j'envie Alice, qui m'envoie des photos d'un début de soirée ? Sur les dernières, je reconnais çà et là des têtes rencontrées à la soirée d'Howardson, mais ni lui ni James n'y figurent. Elle dit que le lundi où elle avait disparu, c'était parce qu'elle avait oublié son portable chez son agent. Je n'y crois pas une seconde, mais je lui accorde aussi le droit au secret.

C'est étrange, Dan porte un pyjama… vert ! Un modèle à la papa taillé dans un mauvais tartan, qui semble droit sorti du tiroir en merisier d'une mercerie normande. S'il se met à la couleur des arbres, je m'en débarrasserai à la campagne. Sans prévenir, il me lance l'un des oreillers aux angles bien droits qui jonchent notre lit : « Bataille ? »

Je n'ai pas envie de jouer. Je n'aime pas quand Dan fait l'enfant, surtout sans avoir terminé une bouteille de saint-estèphe, son seul vin, le mien aussi, depuis le jour de notre mariage (pas de youyous, mais il avait fini par casser un verre encore plein de Château Montrose 2012, après en avoir humecté mes lèvres) ! Quel délicieux souvenir. Dans la chambre des noces, encore brûlante du soleil provençal, il avait murmuré : « Te voilà ma femme. » Ni « ma petite femme », encore moins « ma petite prof ».

Dan se lève plusieurs fois dans la nuit. En revenant au lit, vers six heures du matin, il a envie de parler. Il faut dire que, les yeux grands ouverts, je ne fais plus semblant de rien.

« Pardon de t'avoir réveillée cette nuit, j'ai du mal à dormir. Aïda, tu te souviens, quand je t'ai demandée en mariage, tu es allée vomir aux toilettes, tellement c'était trop d'émotions pour toi ? Je crois que je comprends seulement maintenant ce que tu as pu ressentir. J'ai envie de vomir, tellement tout semble trop beau dans ma vie.

— Tu te mets à avoir le bonheur anxieux, comme moi ! C'est une mauvaise pente, ça, crois-moi. Dors, chéri… C'est rien, ça va te passer. »

Il sombre avant le passage des poubelles, mais pour moi, impossible de fermer l'œil. Dan a peur, c'est évident, et peu rassurant. Maintenant qu'il l'a évoquée, la scène de la demande en mariage défile dans ma tête. Mon corps refusait-il d'adhérer à la vie qui s'annonçait ? M'envoyait-il tous les signaux d'alerte possibles ? Je crois que je n'avais jamais autant vomi… Ça oui, comment l'oublier ? C'était en Italie. Je répétais que ce devait être les *vongole*, mais nous n'étions pas dupes, ni Dan ni moi. Dans la voiture, pour dédramatiser, il était revenu sur le fiasco : « La tête entre les genoux : une contribution à l'étude de la posture méditative dans la mystique juive et chrétienne, revisitée par Aïda en bas résille. » Il avait réussi son effet, car il m'avait fait rire avec ça, mais rire… comme seules rient les folles après l'orage. Puis il avait lancé les Daft Punk, tandis que nous dévalions la colline fenêtres ouvertes en grand, saluant de gestes ivres la basilique de Superga qui veillait sur nous. Dans mon sac, l'eau de Cologne bon marché que j'avais volée aux toilettes déversait tout son muguet.

Le soleil se lève enfin. Dan sent peut-être que je lui échappe, il a pris ce mercredi pour moi, il me l'a annoncé en éteignant son réveil avant de replonger dans un sommeil profond. Les enfants n'ont pas école, qu'est-ce que je vais leur dire ? Peut-être devrais-je les envoyer chez Rada après le petit déjeuner ? Je n'ai plus l'habitude de me retrouver un jour de semaine entier avec Dan, en dehors des vacances. Ou bien c'est sa propre vie qui lui échappe ? Et comment peut-il prendre une journée entière, au milieu du tourbillon qui semble engloutir le *board* ? Toutes les nuits, il parle à l'un ou l'autre de ses membres, enfermé dans son bureau. Il me préoccupe, j'aimerais qu'Alice soit davantage auprès de moi, ces jours-ci. Mais elle ne vit plus que pour le film d'Howardson. Après le tournage, je la retrouverai sans doute encore plus défaite qu'avec les autres réalisateurs. Elle sera peut-être tentée de me dire, comme parfois dans ses fatigues de comédienne : « J'arrête de jouer, je deviens réalisatrice et toi, Aïda, mon actrice ! Ton jeu est si naturel ! Tu joueras dans mes films les rôles que j'aurais le plus aimé qu'on me propose ! » Elle n'en pensera rien. Je reverrai James-Virgile à l'avant-première, j'irai à sa rencontre, même à l'étranger ! Je reste persuadée qu'il a un pouvoir sur moi, depuis le jour de notre rencontre improbable… Mais je dois faire preuve de patience : Dan déraille doucement mais sûrement, il a besoin de moi. Un dossier après l'autre ! Je ne sais pas précisément ce qui le trouble à ce point. Je sais juste qu'à côté, le caddie, qui aurait pu devenir le climax de mon histoire avec le vol, est simplement plié dans un coin. Affaire classée, je suis donc à nouveau en quête de l'acte ultime. Celui qui marquera à la fois la fin de mon errance, et le début de ma vie. Tracera une limite claire entre l'enfer et le paradis.

« Que désire madame ? »

Apparemment, tout le monde a décidé de prendre mes désirs en main ! Dans l'un des restaurants du Palais de Tokyo, je désire tout. Par exemple, les bouteilles d'huile d'olive en faïence, avec leurs pétales de fleurs orange flamboyantes, je repartirais bien avec dans mon sac. Elles me font penser à celles que brodait ma grand-mère pour le trousseau des mariées, et aux fleurs de cette ferme de Sicile où Dan m'avait emmenée cueillir des citrons gros comme la main, odorants comme la mer qui irriguait leurs racines. Sur les larges anses, j'y retrouve les figues de Barbarie qui abritent la tombe paisible de mon grand-père. Avant de reposer dessous, il les cueillait pour en faire des confitures délicieuses, mêlées de cardamome.

« Aïda, le monsieur attend pour prendre ta commande… »

Après l'épisode du caddie, je ne vais pas me mettre à piquer les bouteilles d'huile d'olive dans les restaurants quand même ? Quoique, je l'avais bien fait une fois, chez Da Rosa, quand ils étaient rue de Seine… Dire que mon grand-père en fabriquait une aussi merveilleuse, et que je refusais toujours d'en ramener un bidon. En même temps, je les connaissais ces bidons, même quand les douaniers voulaient bien fermer les yeux, ils finissaient toujours par s'ouvrir et en mettre partout. « Mets de l'huile… » Au village, en renverser porte bonheur. Si je pars avec l'huile du Palais de Tokyo dans mon sac et qu'elle se déverse, surtout avec Dan et son horreur des taches, je suis foutue. Et puis, si je commence à vouloir voler ce qui m'entoure dans les restaurants, je serai bientôt envahie par une collection de salières à refiler, quelle tuile !

« Je crois que madame a du mal à se décider. »

Le serveur s'en va. Dan me prend la main, il n'aime pas que je m'absente dans ma tête, son côté docteur se soucie un peu de ma santé mentale. « À quoi tu penses, quand tu t'évades comme ça ? Tu gardes la carte entre les mains, mais tu ne lis rien. Tu veux que je choisisse pour toi ? » Je ris gaiement. J'aimerais lui répondre que oui, regarde autour de toi et dis-moi ce que je dois prendre, car ça me rend malade de ne pas me décider ! Je la prends, cette bouteille ? Ce serait tellement bien que tu sois mon complice !

Dan l'interprète autrement : « Ah, chérie ! Te voilà revenue à table avec moi, commandons alors, je meurs de faim ! Que penses-tu du carpaccio de bar ? » Pour faire diversion, je regarde les nappes alentour, radieuses. Où les ont-ils trouvées ? On y taillerait des robes de printemps ! Ritta et moi, nous allions enfants avec ma mère chez Bouchara, acheter des tissus, compléter les coupons que rapportait mon père. J'avais appris le mot « coupon » avant même le mot « robe ». Je disais un mot pour l'autre, à l'école : « Alice, il est beau ton nouveau coupon ! »

Les plats tardent à arriver, je bascule d'ennui discrètement sur ma chaise. J'envoie une photo de mes jambes à Paul, sous la table, qui ne répondra sans doute pas plus que les autres fois, mais ça m'amuse ! Volatilisé lui aussi, on est de la même race, au fond ! Dan répond à un coup de fil qu'il s'excuse platement de ne pouvoir repousser. Sa voix me parvient par bribes, ou alors le tintement des couverts la hache menu ? Je crois qu'il s'adresse à un autre membre français du *board* : « On décuplerait… Oh, une misère !… Tu crois ? Un communiqué qui… Oui, parlons-nous dans la semaine, mon épouse s'impatiente, il est 13 h 32 à Paris, dehors le soleil brille. » Il prend ma main par-dessous la nappe, un peu penché, le temps de terminer la conversation. Le vinyle de l'album *Una donna per amico* est posé derrière moi sur une platine.

Je suis compréhensive, je sais que le travail de mon Dan, étrange amour de ma vie, ne s'arrête jamais. Que pour bien faire, il devrait même ne pas quitter les courbes des marchés et les dernières publications scientifiques de tout le week-end, se relever encore plus qu'il ne le fait dans la nuit et puis... Chacun ses obsessions, n'est-ce pas ? Ce mercredi de farniente est absurde pour lui ! Devrais-je le lui dire ? Je me sens sonnée par la tournure des événements.

Il caresse maintenant ma cuisse. Mon sac tombe dans un bruit exagéré et nous rappelle à l'ordre. Je le ramasse, une pensée me traverse, celui-là aussi je l'avais volé au Printemps, mais pas à Nation, j'avais oublié ! À celui du Louvre : cinq cents balles quand même, avec des gorilles partout, la peur au ventre. L'époque où j'imaginais que, peut-être, je n'aurais pas d'enfant. J'avais posé mon ordinateur à l'Apple Store à côté pour une réparation, et puis *boum*, l'impulsion, dangereuse, sous un néon de Satan. N'empêche, une merveille, forme Kelly, cuir beige, clouté or, mélange de moderne et de tradition. Poussant le vice, j'étais même retournée le lendemain sur les lieux du crime voir si la marque ne fournissait pas de lanières pour porter ce genre de sac à l'épaule. « Elles reviennent toujours sur les lieux du crime, chef... ! » Virgile avait tellement raison. Non, James, je dois me résoudre à l'appeler James. Je persiste à trouver étrange qu'Alice ne s'interroge pas plus que ça sur la manière dont je l'ai rencontré. Croyait-elle que nous avions matché sur Bumble ?

« Voilà, pour vous madame, le tartare de thon, et pour monsieur, le carpaccio de bar, bonne dégustation ! »

Pendant que le garçon nous sert, j'ai comme l'impression que Dan, d'ordinaire très poli (mais à la manière des gens qui ne se mélangent pas aux autres), est distrait. Il semble émerveillé par les belles serveuses qui défilent au loin. Ému, il lit dans mes pensées. Il me quittera, lui aussi, quand il s'apercevra que je ne suis que mirages. Mais, pour l'heure, il cherche à dissiper la gêne. Triste pour lui, je lui suggère :

« Tu ne serais pas mieux, assis là avec l'une des filles pétillantes de la table d'à côté ? Elles seraient peut-être plus joyeuses, plus reconnaissantes aussi... Je comprendrais, tu sais. Tu as vu comme elles te regardent ! Et ne me dis pas que tu n'as rien remarqué !

— Tu veux bien ranger mon téléphone dans ton sac, mon Aïda, au lieu de dire des stupidités ? Tu es encore sur l'Instagram d'Alice ? Je voulais simplement te rappeler que je te connais plus que tu ne le crois.

— Je n'ai pas de place dans ce petit sac, désolée ! »

C'est vrai, en plus. Tiens, d'ailleurs, comment aurais-je fait avec la bouteille d'huile ? Je suis vraiment une petite joueuse de ne pas y avoir pensé !

Envahie par la foule d'envies indicibles qui me traversent, je trouve ça dément que Dan n'ait à ce point rien à me cacher. Il me confie son portable, ses codes, ses mots de passe... Quand j'en suis encore à garder mon téléphone retourné sur la table, de crainte qu'Alice ne parle de mes vols dans une allusion rapide. C'est déjà arrivé, un « Tiens, c'est celui que tu as volé, mais moi je vais devoir l'acheter, vraiment pas juste ! », suivi de tellement de smileys qu'on ne pouvait pas ne pas lorgner dessus. Ou qu'un Paul se manifeste !

« Viens, chérie, on prend un café au bar italien, et après, on se lance dans les galeries, qu'est-ce que tu en dis ? Ça fait longtemps qu'on ne s'est pas fait d'expo tous les deux ! »

Le décor à l'italienne me semble *fake*, il ne manque plus qu'une Vespa couleur pistache plantée au milieu, mais le café est bon, c'est *un caffè* ; et ils passent Chet Baker. En revanche, comme j'ai senti le désir de *prendre* me chatouiller les bras et le ventre, je m'inquiète un peu au sujet du petit tour de musée. On ne peut plus voler d'œuvres d'art, ça, non. Enfin, pas comme quand Apollinaire glissait des statuettes phéniciennes du Louvre dans ses poches.

« Tiens ! »

Je sursaute, Dan me tend les tickets, je ne m'étais pas aperçue qu'il était à la caisse. Peu importe, de toute façon il préfère payer que de me voir tendre mon pass éducation. « Petite prof », c'est meilleur dans l'intimité.

Je le tire par la manche.

« Dan, tu sais… Il y a toujours une faille dans le système ! »

Évidemment, Dan ne comprend pas ce à quoi je fais allusion. Il écarquille les yeux, ne laisse pas les choses s'évaporer dans les airs.

« On peut voler dans les musées ! J'ai lu tout un tas de choses là-dessus, je l'avais oublié, il y a des affaires chaque année, des tentatives dans les plus grandes collections du monde, des réussites même ! Parfois le voleur attrapé explique qu'il fait justice à son pays d'origine à qui il veut rendre l'œuvre volée, souvent en Afrique. Boston, Montréal, Vienne, Oslo, Paris… Des tableaux qui valent des millions, des systèmes de sécurité de dingue et pourtant, oui, les choses ont toujours été possibles. Oui, il y a encore des fêlés pour tenter un coup, quelquefois affectif, pas que dans les films ! Comme ce Patrick qui avait pris un Rembrandt parce qu'il le voulait comme ami… Enfant déjà, quand il avait découvert le tableau avec sa mère au musée, il avait dit : "Je le veux." Après ça, éreinté d'avoir à cacher son secret jusqu'aux yeux de sa propre femme, et toujours inquiet de se faire arrêter au détour d'une rue, il avait fini par le restituer.

— Chérie, parle un peu moins fort, on dirait Dina devant un rayon de poupées Colle !

— Poupées Lol, Dan, pas Colle !

— En tout cas, les plus grands voleurs de tableaux de l'histoire, ce sont les nazis. Ma famille en sait quelque chose. »

Je fais diversion en rappelant à Dan en quoi consiste la collection de poupées de notre fille, le temps de corriger mon exaltation. Elle a dû sembler si soudaine à Dan, après mes absences du déjeuner. Lui aussi, comme il est un peu différent ces temps-ci, je le trouve séduisant sous un autre angle. Il ne porte pas de chemise aujourd'hui, il a enfin mis sous sa veste le tee-shirt que je lui ai offert, volé chez Marc Jacobs. *I love the way you hate me*, voilà ce qui est écrit dessus, et il n'a pas de trou : le bip était chancelant, il est tout simplement tombé sur mes chaussures, qui ont amorti le bruit de sa chute. Je l'ai roulé en boule pour le glisser dans mon pantalon, à l'arrière où il ne ferait pas gondoler mon large manteau, puis j'ai demandé un sac à la vendeuse, soi-disant pour y ranger mon parapluie humide, et le tour était joué. Dan recevrait donc un cadeau de la boutique en bonne et due forme, et pourrait légitimement s'extasier : « Oh, Aïda, il ne fallait pas, il a dû te coûter un bras, en plus ! »

Quand cet autre bras surgit, celui que Dan ne connaît pas, il est toujours précédé par la même rengaine dans ma tête : « Il y a toujours une faille dans le système. » Ça fait comme un shoot. Ou le trac euphorique qui vient à Alice quand le réalisateur crie « Action ! ». Mon cerveau me la dicte dans le décor d'un magasin, qui m'apparaît alors sous un autre jour, comme s'il venait d'être installé pour moi. Je deviens la reine, la star, je maîtrise, je contrôle, l'invisible devient visible. Et vice versa. Le vol pulse dans mes veines et grossit à en devenir insoutenable, je me transforme des pieds à la tête, tout mon être capte l'univers autour, quand d'habitude je flotte… Jusqu'à cette sensation que des yeux me poussent sur tout le corps, se greffent aux bulbes d'où d'ordinaire sortent les poils.

Nous voici, Dan et moi, devant les œuvres d'un Afro-Brésilien, Maxwell Alexandre, né dans une favela de Rio. Il peint des Noirs teints en blond sur du papier kraft et dénonce le pouvoir pris par les Blancs. Le nom du papier lui-même, *brown paper* en anglais, marque son combat.

« Dan ? Tu trouves que ma tête fait plus papier blanc, ou papier marron ? »

Dan est carré, il aime les visites guidées, la médiatrice nous regarde un à un, théâtrale, puis entonne, lapidaire : « Pas de Noirs ici, les Noirs gardent les œuvres, ils ne visitent pas ! Vous trouvez ça juste ? » Comme au Bon Marché ?

Dan prend des clichés de Danino, le dinosaure bleu et jaune qui sert de mascotte à la marque Danone. L'artiste l'utilise dans ses peintures pour rappeler que si les usines de la célèbre marque de yaourts s'étaient installées au Brésil, les enfants des favelas ne pouvaient que rêver devant leurs publicités.

« Ma mère m'appelait comme ça, Danino, je vais lui envoyer les photos, ça va lui faire plaisir ! Tu as vu le nom de l'artiste qui expose en face ?

— Aïda… Aïda Bruyère ! Vas-y toi, si tu veux, pendant que je vais faire un petit tour à la boutique. Tu sais bien que je n'aime pas voir deux expositions le même jour. Je vais acheter des bricoles pour les enfants.

— Prends ma carte ? »

Saisie d'un élan d'amour, je me serre contre son tee-shirt, je respire contre ses poumons. Il dépose un baiser profond dans mes cheveux.

« Pas besoin de ta carte, mon chéri, je ne ferai pas de folies ! Je t'attendrai dehors sur les marches, avec la vue sur la tour Eiffel. Tu te souviens, un jour d'été on s'est embrassés là.

— Oui, je me souviens, tu avais mal aux pieds. Je te disais que tu te trompais de pointure, mais tu persistais à vouloir entrer dans du 36. Comme Marguerite Duras, prétendais-tu… Parce qu'elle aime les femmes qui… Je ne me souviens plus de ce que tu disais après ! »

C'est vrai, je me contenterai de prendre de ces petites choses qui rentrent dans un sac à main. Comme ça, juste pour faire plaisir. Ou bien pour plaire à Duras. Parce qu'elle aime les femmes qui se ravissent à elles-mêmes !

33

« La bruyère est un symbole de puissance, dans le langage des fleurs. Elle signifie combien un amour peut être profond et fort. La bruyère peut aussi exprimer le plaisir des rêveries solitaires. Elle était autrefois considérée comme une plante magique et d'augure, ayant des vertus protectrices contre les fantômes et les esprits malveillants… »

Flûte, je suis interrompue dans ma lecture, voilà qu'on tambourine à la porte ! Impossible de prendre un bain tranquille dans cette maison. Cette journée à faire les touristes avec Dan m'a é-pui-sée ! Je hurle : « C'est ouvert ! » Je m'attends à voir débarquer l'un ou l'autre de mes chérubins, plutôt Charbel, mais c'est lui. Je jette machinalement un œil autour de la baignoire, ouf, aucune goutte ne traîne. Mais il ne peut s'empêcher de faire la remarque : je ne devrais pas utiliser mon portable quand je prends un bain… Merci monsieur, ça je sais.

Assis au bord, sourire taquin, je m'attends à une tendresse.

Il attrape ma bouteille de shampooing, lit la liste des composants, trouve qu'on devrait y ajouter je ne sais quoi.

« Dan, tu avais quelque chose à me dire ? »

Il me regarde d'un drôle d'air, repose la bouteille délicatement, en prenant soin d'essuyer le fond.

« Chérie, j'ai une bonne et une mauvaise nouvelle à t'annoncer. Enfin, je crois plutôt que pour toi, les deux nouvelles sont bonnes, comme je finis par admettre que tu n'aimes pas partir loin ! Je te propose de reporter notre grand voyage et d'aller visiter Venise sous la neige, ça te va ? »

Au fond, ça ne me fait ni chaud ni froid : je sais que ce sera bien, quand j'y serai. Dan en fait tellement pour me rendre heureuse que ses surprises en perdent parfois les pédales. Comment avoir l'air de nouveau ravie de recevoir son bouquet de fleurs du dimanche matin ? Ses billets d'avion quand il en pleut ? Résultat, je n'ai jamais l'air très heureuse, ou pas de manière convaincante. Il y a surtout cette angoisse à l'idée que partir, c'est risquer de déraper en sa présence. Je sens que je grimace et il ne peut s'empêcher de se justifier, comme si Venise, ce n'était pas assez.

« Je ne peux changer de continent tant que l'affaire du vol de données n'est pas… comment dire ? apaisée ! »

Je lui demande de me tendre une serviette, parce qu'il faut vite que je me sorte de ce bain : la buée s'amoncelle sur ses lunettes en nuages mornes, et il ne dit rien. Ses yeux vert d'eau se noient. Mais où sont les neiges d'antan ?

34

« Madame Zadkine ? »

Oh non, pas le proviseur. Qu'est-ce qu'il me veut, à me tendre un guet-apens là, en pleine salle des profs ?

« J'allais partir, justement.

— Eh bien, je vous prie de bien vouloir vous dépêcher… »

Mon cœur tremble, est-ce que la sanction tombe ici ?

« Vous me renvoyez ? »

Il se met à rire, comme un possédé.

« Si ça ne tenait qu'à moi, il y a longtemps que j'aurais fait une demande de mise à pied. Mais vous êtes très protégée, rue de Grenelle.

— Je crois que je ne saisis pas…

— Vous ne vous êtes jamais demandé pourquoi vous n'étiez pas inquiétée plus que ça pour toutes vos absences ? Ni même comment une remplaçante de haute qualité comme Mme Vignes débarquait chaque fois sur-le-champ, comme si elle se tenait déjà derrière la porte ? Comme si quelqu'un savait d'avance que vous seriez absente le lendemain ? Et tout ça pour dispenser un enseignement certainement supérieur au vôtre, vous qui avez l'air de traiter tout ça par-dessus la jambe ? À votre avis, grâce à qui vos élèves réussissent-ils au bac ? À vous, peut-être ? »

Les larmes montent, je me pince discrètement un lobe d'oreille pour les empêcher de couler. Le tuyau d'Alice ! Le proviseur continue de libérer sa rancune, un brouillard se forme entre lui et moi. Je bredouille que je ne sais pas à quoi il fait allusion, que personne ne me protège, que mes élèves m'apprécient. Il est d'accord sur ce dernier point, mais il pense que c'est pour de mauvaises raisons. « Votre look », « vos airs ». Quant au premier point, méprisant :

« Ah oui, parce que vous allez vraiment me faire croire que vous ne savez pas ? Votre mari n'a-t-il pas proposé des investissements intéressants au ministre de la Santé, quand celui-ci était dans l'industrie, et n'est-il pas l'un de ses grands amis depuis Louis-le-Grand ? Et le grand ami de ce ministre de la Santé n'a-t-il pas fait l'ENA dans la même promotion que le ministre de l'Éducation nationale ? Et tout ce petit monde-là, ne fait-il pas un jogging ensemble tous les samedis matin, goguenard, quand l'agenda le permet ? Entre eux, ils se surnomment les Trois Mousquetaires, et alors vous, la prof de lettres, vous n'êtes pas au courant et vous n'y êtes pour rien ? Permettez-moi de dire qu'à cet instant, je ris sous cape ! »

Je ne savais rien de tout ça, évidemment. Dan, mon Dieu, de quoi se mêlait-il ? Quelle infantilisation ! Et il me met dans une drôle de situation. J'ai envie de tendre ma démission sur-le-champ, mais le proviseur, lisant peut-être dans mes pensées, semble soudain plus gêné d'avoir parlé que moi d'avoir entendu. Il respire mal, halète presque, essoufflé de s'être mis en colère. Dans les films, la scène suivante inclurait une main portée à la poitrine, une cravate à détacher, un appel aux urgences. Il a l'air de vouloir se reprendre. Presque de s'excuser.

« Vous n'êtes pas incriminée, madame Zadkine. J'étais venu vous dire que, dehors, à cause de vous, il y a un attroupement que vous seule pouvez aider à dissiper.

— Pardon ? Je ne suis pas venue avec la voiture de mon mari !

— Je crois que c'est pire. Il y a un acteur, tout droit sorti d'une série américaine, qui vous attend dans la voiture de James Bond. Et je ne parle pas au sens figuré, jetez un œil par la fenêtre et vous verrez par vous-même. Je ne sais pas ce que vous trafiquez, mais arrangez-moi ça, je vous prie ! Sortez vite ! »

Le proviseur s'essuie le front. Pourtant, aucun radiateur ne chauffe bien ici. Maintenant que je sais que Dan s'adonne aux intrigues de cape et d'épée, j'emprunterais bien cette réplique à Mme de Boves, jouant à « la grande dame outragée » quand elle est prise la main dans le sac : « Prenez garde, monsieur ! Mon mari ira jusqu'au ministre. » Je me tais, pourtant, car c'est l'heure pour moi de franchir la grille et de tenter de comprendre ce procès que l'on me fait. Il ne peut s'agir que d'un quiproquo, vous ne pensez pas ?

35

« Vol BA913 en direction de Londres, embarquement immédiat », « Vol AF5324, en direction de Stockholm… », « Vol IB3941… », « Vol AA997 », « Vol… », « Vol… », « Vol… ».

L'aéroport tout entier m'incite à voler, mais je ne volerai pas. C'est pourtant facile. J'ai lu qu'une femme qui travaillait dans les duty free avait rempli deux pièces chez elle de larcins, visant de plus en plus haut, montres de luxe, bijoux… Elle s'étonnait de ne pas être prise. Je connais ce dégoût du « trop facile », il rend malade. Toute cette police, ces gens, ces caméras, et personne ne la voyait. Autant la tuer tout de suite !

Dans le magazine de la compagnie qui nous emmène à Venise, il y a une interview d'Aïda Bruyère ! Décidément, moi qui cherchais à savoir s'il s'agissait de son vrai nom, tout en me demandant quel nom de scène je prendrais de mon côté, si je devais en choisir un… Quel clin d'œil ! Son exposition s'appelle *Never Again*, je n'avais pas prêté attention à ça.

Dan me prend la main dans l'avion. Je suis heureuse de partir avec lui, mais triste de survoler la maison de mes parents sans les voir. « Tu as le bonheur anxieux… » Je lui demande de me raconter un peu mieux comment il les a trouvés, le jour où il a déjeuné avec eux, quand il était allé à Nice pour affaires.

« Ta mère, ça va, radieuse, mais ton père radote. Il parle sans cesse de l'humiliation qu'il a subie le jour où il avait été renvoyé comme un voleur de son travail chez le “grand couturier”. Il jure qu'il n'avait pris que des tissus destinés à la poubelle, parce que ta mère en faisait toujours quelque chose de joli. Il est persuadé qu'ils l'ont licencié pour faute grave à cause du racisme du nouveau patron… Toutes les deux minutes, il tourne la tête dans les deux sens, hausse les épaules et recommence avec ça : “Oh non, non, j'ai rien volé, moi, George Tameh, ils m'ont ôté mon honneur, oh non, non, j'ai rien volé moi, y a pas de voleurs chez les Tameh…” Tu vois, ce genre de comportement, je ne te fais pas un dessin. On devrait l'emmener voir un spécialiste, j'en connais un à Cochin. Aïda, tu m'écoutes ? Tu pleures ? Ma chérie… C'est peut-être l'âge, je vais lui envoyer un traitement des États-Unis, très efficace ! Sèche tes larmes, tu vas ruiner ton maquillage et l'avion va bientôt décoller ! »

Je n'ose pas demander à Dan si mon père a réagi au sachet de sucre que j'ai glissé au fond de son paquet. Celui de la journée de tournage près de Saint-Eustache.

Mais l'avion ne décolle pas. La police monte à bord, un agent discute un instant avec le pilote qui semble pointer le doigt vers nos sièges, puis signe un document. Prise de panique, je fais un petit tour dans mon sac, pour voir si je n'ai pas quand même volé un parfum sans m'en rendre compte. Dan me reprend la main. Mes paumes s'ouvrent et se referment toutes seules ces derniers temps, je devrais aller voir un neurologue, ce doit être le canal carpien.

« Pas la peine, chérie, ils viennent pour moi… Je suis désolé, je peux tout t'expliquer, je vais sûrement devoir faire un petit tour en garde à vue. Sache que ce que j'ai fait, je ne l'ai pas fait pour le profit, mais pour un meilleur partage de la science. Le vol et le recel de données, c'est moi. Rentre à la maison, demande à quelqu'un de venir te chercher et occupe-toi bien des enfants. Je t'aime. Dis-leur que papa revient bientôt, et que pas trop de bêtises en attendant ».

L'agent qui a parlé avec le pilote choisit ce moment pour se pencher vers Dan.

« Monsieur Zadkine ? Veuillez nous suivre, s'il vous plaît ! Madame, venez également, nous aurons quelques questions à vous poser. »

Dommage, pour une fois que nous prenions un vol de jour, tous les deux. Quelle douceur, dans son regard, quand il m'a sorti la main du sac. La même que lorsqu'il avait affirmé : « Je te connais plus que tu ne le crois. »

Je me sens tellement soulagée que la police ne soit pas venue pour moi que j'en oublie la gravité de la situation. Mais Dan aura de très bons avocats, le *board* ne le lâchera pas. Les enquêteurs ne m'ont rien demandé d'essentiel, et mon rendez-vous manqué pour rappel à la loi n'est inscrit nulle part. J'ai vraiment cru un instant que je valais un déplacement en fanfare des services de l'ordre public. Oui, cette scène, je l'avais tellement rejouée dans ma tête. Je vais me trouver un hôtel. Peut-être le Pullman d'en face ? Et demain, j'irai chercher Dan, qui aura dormi sans son beau pyjama. Inutile de rentrer perturber les enfants, ils sont entre les bonnes mains de sainte Ritta. Ma sœur, qui s'est dévouée pour venir les garder à Paris.

36

Posons-nous d'abord chez Ladurée, pour prendre un club sandwich et rassembler nos esprits ! Il y a plein de pots de confiture exposés dans mon dos, mais ce n'est pas le moment de se complaire dans cette obsession-là...

Je suis à un tournant de ma destinée, et j'ai assez regardé de films pour savoir que Dan en a pour au moins vingt-quatre heures. Tant de liberté dans la vie d'une femme, ça se fête ! Étrange, tout de même, que ça ne me fasse pas plus d'effet. Mon côté flottant ? Non, c'est autre chose : je me réjouis d'apprendre que Dan a volé, et bien plus qu'un shampooing ! Je devrais être sous le choc, mais je bénis ce renversement de situation rocambolesque. C'est dans l'ordinaire que je me noie dans un verre d'eau. Enfin... On verra plus tard pour les conséquences pratiques. Chaque problème en son temps, n'est-ce pas ? J'ai décidé de rester là pour tenter d'atterrir dans la vraie peau d'Aïda Tameh.

C'était James qui était venu me chercher au lycée en grande pompe. Je ne le savais pas, même si Alice m'avait touché un mot de sa carrière, mais il jouait également le rôle du professeur de boxe (et confident) du héros, dans une série pour adolescents qui cartonne sur Netflix en ce moment. Il m'avait surprise ainsi, à la sortie du boulot.

Précisément comme j'avais imaginé le faire, au moment où je le pensais Virgile. Il était déterminé à attendre. J'étais montée dans sa voiture, curieuse et impatiente d'avoir la discussion qui me manquait pour recomposer les pièces du puzzle. D'abord, que faisait-il exactement au Printemps ? Ensuite, que faisait-il là ? Je ne sais pas si l'ordre de mes questions était des plus sensés, mais la première réponse fut en tout cas rapide.

Pendant que nous roulions, sans que je sache vers où, il me racontait.

Dans le grand magasin, il travaillait, tout simplement. Oh, pas comme vigile, mais il organisait des repérages pour le prochain film d'Howardson. Une course-poursuite allait être filmée là, avec des plans tournés dans les allées et les escaliers mécaniques du magasin, et d'autres derrière les écrans de surveillance. L'un des actionnaires du groupe qui détient le Printemps est partenaire. Et Armand, qui m'avait en réalité parfaitement reconnue, avait demandé à James de me faire une blague. Lui n'était pas tellement d'accord, mais il avait compris qu'il valait mieux coopérer, pour la suite des événements… D'où son air renfrogné. Il voulait aussi se débarrasser au plus vite d'Armand, qui ne pouvait s'empêcher de lui brosser le portrait de « ses » voleuses à l'étalage, qu'il surnommait « mes amours » et semblait désirer comme un fou quand il en surprenait une derrière les caméras, ce qui mettait James très mal à l'aise. Oui, quand une femme parvenait à fourrer un objet dans son sac sous ses yeux, il en devenait tout chose, gesticulait, riait fort. Le patron de ce Printemps racontait donc à James tout ce qu'il ressentait pour ces belles-de-jour.

Mouret, du haut des escaliers du Bonheur des Dames, les séparait en deux catégories : les « voleuses de profession, celles qui faisaient le moins de mal, car la police les connaissait presque toutes », et les « voleuses par manie, une perversion du désir, une névrose nouvelle qu'un aliéniste avait classée, en y constatant le résultat aigu de la tension exercée par les grands magasins ». Armand n'en distinguait aucune, pourvu qu'elles fussent de chair.

Le serveur me regarde, deux heures quarante que je suis là. Pas envie de café. Je dis : « Je vais vous commander un autre dessert, et vous verserez dessus un pot de confiture de groseilles ! » Il ne tique pas, il doit autant avoir l'habitude des touristes que des folles.

James était outré, à juste titre, quand il m'avait vue partir avec Armand, se demandant comment c'était encore possible à l'ère #MeToo, et ce que je pouvais bien trouver à ce « baveux ». Je supposais, à ce moment-là des confidences, qu'il ne connaissait même pas le RER B. Je me trompais à peine. Il avait parlé de Gif-sur-Yvette parce que sa grand-mère y habitait quand il était enfant, et que ça l'amusait de me raconter qu'il venait de là-bas, quand il avait lu mon adresse sur ma pièce d'identité. Ensuite, pour me retrouver, après la soirée d'Howardson, il avait googlé mon nom tel qu'il y était inscrit, il s'en souvenait parfaitement. Prénoms : Adélaïde, Doris, Michèle. Nom : Tameh, épouse Zadkine. Ma tête était apparue sur le site de mon lycée. Pourquoi n'avait-il pas demandé à Alice ? Ou à Instagram ? Il souhaitait me surprendre !

« Élémentaire, mon cher Watson, avais-je poursuivi, et maintenant, pourquoi êtes-vous venu ici ? Mon proviseur a failli avoir une crise d'apoplexie en vous voyant descendre de votre bolide, et accepter de faire des selfies avec chaque gosse. J'ai parfois l'impression de vivre dans un monde parallèle. Je suis donc la seule de tout l'établissement à ne rien connaître de vous ? »

Tournés vers moi, les yeux de James s'étaient plissés dans un mélange d'énigme et de bonté très *Actors Studio*.

« Aïda, je vous emmène dans un bel endroit où nous retrouverons Howardson. Nous avons une proposition à vous faire.

— Et Alice ? »

James avait marqué un temps particulièrement long pour me dire qu'elle ne serait pas là : « Howardson a besoin de vous regarder vous déployer seule. »

37

Une avocate à l'accent américain m'a contactée pour me dire que Dan allait bien. Qu'il me faudrait du courage pour traverser la zone de turbulences, qu'il ne faudrait pas écouter ni lire ce qui se dirait sur lui ; mais que ses travaux étaient très reconnus et estimés dans le milieu scientifique, et qu'il serait « soutenu ». J'ai presque envie de lui rire au nez, évidemment qu'il va s'en sortir. Je n'ai jamais imaginé Dan devenir SDF avec ses cheveux toujours si propres, si roux, si flamboyants. Dan est bien né mais, pire que ça, il a conscience de l'être. Un Vautrin coiffé, comme moi, chez Alexandre. Que voulez-vous, c'est pas juste, mais c'est comme ça.

Pour me dégourdir les jambes, je déambule avec ma valise dans le terminal et passe aux toilettes pour me rafraîchir le visage. Le téléphone posé sur le bord de l'évier tombe sur le carrelage. Au moment où je le récupère, je réponds par erreur à Alice que je voulais esquiver.

« J'ai quelque chose à t'avouer…

— Moi aussi j'ai…

— Aïda, je couche avec Paul, j'étais avec lui tout ce temps, ne m'en veux pas, j'ai fait ça pour toi, pour t'éviter de faire une grande bêtise. Et pour Paul, aussi, c'est un brillant acteur, il est en train de devenir raide dingue de toi, et quand un homme qui s'est retenu d'aimer comme lui se met à aimer, c'est… On va certainement jouer à nouveau ensemble ! »

Le miroir devant moi s'agite. Je la croyais disparue, entière à son rôle, ça lui était déjà arrivé une fois ou deux par le passé. Second coup de théâtre de la journée, et on plonge dans le vaudeville avec celui-là ! J'envoie un baiser muet à chaque néon qui projette son feu sur mon visage. J'ai fait le tour des miroirs, et tous m'ont applaudie.

« Tu as raison, c'est de bonne guerre, et puis Paul, je ne l'aime pas, tu peux y aller, la voie est libre ! »

Tant pis si je me sens soudain perdue et seule au monde sur la dalle d'Orly, mieux vaut ravaler ma rancune, surtout avec ce qui attend Alice.

Je raccroche sans rien lui dire, pour Dan. Je retourne chez Ladurée et je rafle dix pots de confiture au passage. Sortie triomphante, j'envoie une photo du lot à Howardson, bien aligné au fond de mon sac, sous un éclairage puissant. Je suis satisfaite de ce cliché, fort réussi, auquel j'ajoute ces quelques mots :

« Vol annulé, mais j'ai pris des souvenirs ! Quels parfums préférez-vous, les fiancés, pour notre petit déjeuner ? »

38

Howardson attendait une réponse. Nous devions nous revoir à mon retour de Venise. Le soir de mon enlèvement par James au lycée, il m'avait reçue au bar d'un grand hôtel.

James, heureux, traduisait des bribes de conversation. Howardson se moquait de savoir que mon anglais était mauvais, ce qui m'a surprise étant donné ce que m'avait dit Alice, qui le travaillait jusqu'à l'accent irlandais. Il m'a parlé de Robert Bresson, de sa façon de choisir ses acteurs, d'en effacer la mécanique. Je m'étais sentie reliée à James au premier regard, dans la peau de Virgile. Voici que je l'étais à Howardson : il mettait entre nous le réalisateur du *Pickpocket*, dont je connaissais tous les films sur le bout des doigts. Magie de Dan ! Puis il m'a dit :

« Aïda, vous lui ressemblez… On vous l'a déjà dit, n'est-ce pas ? Je sais que ça peut sembler bizarre, mais ce n'est pas seulement à cause de votre tenue à ma soirée que j'y ai pensé la première fois. C'est votre visage ! Vous êtes Alice Roi, celle que je voulais, celle en qui je croyais, mais en plus "vraie", James l'a vu autant que moi. Vos joues sont hautes, la lumière tient sur votre visage. Surtout, elle est intérieure, vous comprenez, cette lumière, c'est pour ça qu'elle se fixe. Il y a comme une vérité que vous ne chercherez pas à tamiser. Vous ne travaillerez pas beaucoup, surtout pas. Je suis très dur avec les actrices scolaires, comme Alice… Vous savez ? Elle m'a raconté qu'en vingt ans de cinéma, elle n'a jamais violé de contrat, ni manqué un seul jour de tournage, même quand ça ne lui plaisait plus ! Je n'aime pas ce sérieux-là, elle veut davantage mon nom que mon film, votre amie. Mais vous, vous êtes déjà dans le rôle, je l'ai compris dès que je vous ai parlé. Vous cachez bien votre jeu, rien n'est évident dans votre personne, mais une chose est sûre : vous êtes à l'étroit dans votre peau, et c'est ça que j'aime. Vous vous dégagerez toute seule, Aïda, je n'aurai pas à tirer sur vos fils ! »

Il m'avait tendu le scénario, puis :

« Prenons un petit déjeuner dans huit jours pour parler du contrat. Si vous acceptez, mais vous le savez déjà, il faudra tout lâcher quelques semaines, travail, famille… »

James avait ajouté, dans un clin d'œil : « … magasins… »

Ce qui venait à pic, car il avait sorti de sa sacoche une affiche qu'il tenait à m'offrir : une réclame pour l'ouverture du Printemps en 1865 ! Le slogan précisait : « Où tout est nouveau, frais et joli ». Il était tombé dessus par hasard dans la vitrine d'un antiquaire. Agacé d'avoir été interrompu par James (quelques minutes qui me parurent une belle éternité), Howardson s'était ravisé pour prononcer lui-même :

« Et maintenant, garçon, champagne pour madame ! »

J'efface le message sur les confitures, Howardson ne l'a pas encore lu, il me pense en voyage. J'ai besoin de voir James. Je l'appelle pour lui expliquer la situation. « Votre vie, c'est donc toujours du cinéma, Aïda ? » Il éclate de son rire puissant et me propose de m'emmener au théâtre ce soir, il a des places et Howardson ne veut pas sortir. Je décide de l'attendre à l'aéroport, je vais prendre des notes pour le scénario. Alice tente de me rappeler en vain, elle croit que je la boude à cause de Paul. C'est étrange, je ne culpabilise pas, mais j'ai mal pour elle. D'un autre côté, j'ai l'impression de l'empêcher d'aller là où ce n'est pas bon pour elle. Alice aurait été pressée comme un citron par Howardson. Elle aurait continué à jouer après lui, mais avec une amertume dans le ventre. Moi, ce n'est pas pareil, c'est la chance de ma vie. Est-ce que ce sera la fin des « sœurs jumelles » ? Certainement, oui. Et je vais me sentir amputée d'une partie de moi-même, sans Alice. Mais j'étouffe, et il est temps pour moi d'apprendre à respirer mon propre air.

Les heures passent trop vite ici, je me sens à nouveau bien, légère. Je change de siège, de café. James m'appelle, il arrive. Je sors, le temps est doux, on ne dirait pas l'hiver. C'est vrai que sa voiture est impressionnante, plus encore à l'intérieur, j'étais trop troublée devant le lycée pour m'en apercevoir. James m'apprend que c'est une réédition d'une célèbre voiture de Bond, une « Aston Martin Goldfinger DB5 Continuation équipée de presque tous ses gadgets ». Il déroule ça avec une telle emphase que je ne peux m'empêcher de prendre quelques photos pour Dan.

« C'est parce que vous vous appelez James que vous avez rêvé de cette voiture ?

— *My name is Virgile*. Ne riez pas, c'est mon vrai nom ! Une idée farfelue de ma grand-mère ! Mais je ne l'utilise que pour mes affaires d'espionnage... Pardon, riez, riez encore comme ça, c'est si bon de vous voir rire, vous étiez malheureuse quand nous nous sommes rencontrés ! James est en réalité mon nom de cinéma, celui que je donne au grand public. Mais vous et moi, on devient amis, on l'a toujours été, n'est-ce pas ? »

Je ne demande même pas à James où il m'emmène, je m'abandonne. Les étoiles sont si belles, ce soir, il n'y a pas beaucoup de monde sur la route. J'ai envie de lui dire de conduire moins vite, je ne veux pas mourir, mes enfants ont besoin de moi, mais l'ivresse est trop forte. Je ferme les yeux, un peu déroutée par le volant à l'anglaise.

« Je vous emmène au théâtre à Versailles, ça vous dit ? Ils jouent *L'Aiglon*, de Rostand… Je ne savais même pas qu'il avait fait quelque chose d'autre que *Cyrano* !

— Oh mon Dieu ! La pièce n'a été jouée que six fois depuis sa création, je désespérais de la voir sur scène. Merci, vous êtes vraiment mon bon génie ! Il paraît que c'est une réussite ! Au Conservatoire, avec Alice, on a entendu un enregistrement de la voix de Sarah Bernhardt déclamant le rôle-titre pour la première représentation. Divine, elle se fiche éperdument des pieds, elle leur marche dessus, on dirait même que ça lui fait une jambe de bois ! »

James, joueur, marque un temps, semble chercher dans sa mémoire :

« Vous vous souvenez de cette réplique d'Anna Karina, dans *Pierrot le Fou* ? "C'est le même prix. Prix, Uniprix, Monoprix : moi aussi je sais faire des alexandrins." »

Il veut m'amuser, mais la mention du Monoprix m'embrouille un peu les idées, me remet dans mon ancienne peau jetée pas si loin en arrière. James lit dans mes pensées, malgré la route qui défile. Je crois bien qu'en réalité, il interprète chacun de mes souffles. Je saisis tout du pourquoi Howardson l'aime et se fie autant à lui.

« Vous allez accepter, n'est-ce pas ? »

Je sursaute, je ne sais plus de quoi il s'agit. Mon téléphone sonne de toutes parts, la famille et les amis de Dan, des collaborateurs, des voisins ont appris son arrestation par une dépêche : suis-je sotte, j'avais tout simplement oublié de les prévenir ! À l'aéroport, je ne pensais plus qu'à ma liberté, au film à venir, et à tenter de fléchir l'aspect cornélien de mon choix !

Le rôle ! Réveille-toi, Aïda, James parle du rôle ! La peur de prendre cette décision, de ses conséquences, me reprend. D'affronter une caméra où la prise est artistique. Howardson ne me demande même pas un bout d'essai, mais il paraît que c'est sa patte, quand il a ce qu'il appelle lui-même une « révélation ». Ce ne serait pas le premier réalisateur à se prendre pour un prophète !

« J'aimerais demander un dernier conseil à quelqu'un, on est en avance, je peux donner une localisation GPS à votre Aston ? C'est à Saint-Germain-en-Laye, ça ne prendra pas longtemps. Sarah Bernhardt, en revenant sur la période où elle avait été reçue au Conservatoire, a dit : "Tout le monde m'avait donné *des* conseils. Personne ne m'avait donné *un* conseil. On n'avait pas songé à me prendre un professeur pour me préparer." J'ai eu d'excellents professeurs, James, et vous en serez de merveilleux, Howardson et vous, même si j'ai bien compris qu'il ne voulait rien de scolaire. J'ai aussi appris d'Alice, qui est une grande actrice. Lorsqu'elle aura fait son deuil de ce rôle, qui est maintenant le mien, elle trouvera d'autres grands réalisateurs pour compléter son carnet de bal, je n'imagine pas les choses autrement ! Mais j'ai besoin de consulter une personne en particulier. Ça ne durera pas plus de quelques minutes !

— J'en déduis que vous allez parler au fantôme de Sarah Bernhardt ? Allons-y !

— Oui, et quand je serai revenue, vous me parlerez de votre personnage dans la série ? Je vais commencer à la regarder cette nuit, vous m'intriguez tellement… Virgile ! Je peux vous appeler comme ça ?

— Seulement quand on fera du shopping ensemble, seuls tous les deux. Je dois vous faire une confidence : Howardson déteste ce prénom. Il dit qu'il ne se voit pas demander l'*Énéide* en mariage ! »

39

Je suis entrée sans embûches dans le cagibi. Un couple d'étudiants sortait au moment où je descendais de voiture. Je m'étais précipitée, je n'avais pas laissé le temps à James de faire le tour pour m'ouvrir la portière, comme il y tenait. Les parois m'ont semblé encore plus humides que d'habitude. Pauvre Mme Denise, si l'immeuble prenait l'eau, elle devait tant souffrir sous les toits ! Je l'inviterai à l'avant-première, je viendrai la chercher, lui offrirai une belle robe ! Rada s'occupera d'elle pendant la projection. Je ne reviendrai plus jamais m'asseoir dans ce trou, qui m'avait souvent protégée de moi-même.

Adieu mon cagibi. J'ai tellement volé autour de mon rêve, et maintenant qu'il s'ouvre à moi, je le crains. Pourtant, je le saisis, d'un claquement de doigts, comme il est arrivé ! Tu vois, tu n'y croyais pas toi non plus, mais je ne vais pas continuer éternellement à flotter. Tout me semble lointain. Dan a-t-il froid là où il est ? Nous allons désormais nous aimer pour le meilleur, dans nos vérités à tous les deux, j'y crois comme à son dernier regard posé sur moi, enfin déglacé jusqu'à l'extérieur. Mon père, ma mère, Rada, Ritta, mes enfants ? Ont-ils froid ? Alice ! Que vais-je lui dire ? Tout ce beau monde peut attendre. Mourir peut attendre !

James m'ouvre la lourde porte de l'immeuble, il m'attendait devant, prêt à m'aider. Mon profil lui est apparu en transparence sur le verre dépoli, quand j'ai appuyé sur l'interrupteur. Je me suis jetée dans ses bras, en larmes.

« C'est oui, bien sûr que c'est oui !

— Le conseil du fantôme ? Ne craignez rien, vous pouvez tout me dire, il n'y a malheureusement pas de siège éjectable dans cette Goldfinger ! Mais elle peut nous réchauffer de l'eau pour un thé. Lipton Yellow, Lipton Mint, Fruits rouges ? J'ai toujours la boîte dans le coffre ! »

Même quand je renifle comme une larve sur son épaule, James reste impayable. Avec lui, je passe des pleurs aux rires.

La lune brille fort, je reprends mes esprits. James sucre mon thé. Il ne me demande pas mon avis, j'en ai besoin : tant de choses se sont passées en si peu de temps. Je range mes dernières inquiétudes. Pour l'heure, nous passons une superbe soirée, c'est tout ce qui compte.

« James… Sarah Bernhardt, quand elle joue le rôle d'un fantôme, elle fait comme ça : "Bouhhh, bouhhhh, bouhhh !" Alors, imaginez un peu le jeu de son propre fantôme ! »

En route vers le théâtre, nous avons interprété ce rôle dans la voiture, rivalisant de cris à s'en crever les poumons. La lune brillait, j'agitais les bras dans tous les sens, libre à eux de jouer les spectres !

Épilogue

« Aïda m'a volé mon rôle ! »

Au moment où nous arrivons au théâtre, James me montre son téléphone. C'est ce qu'Alice vient de lui écrire : « Aïda m'a volé mon rôle ! » Howardson a dû lui parler. En quelques mots, balayant mes scrupules et mes peurs, elle m'avait fait remonter sur les planches que je connaissais le mieux.

En 1915, une femme comme moi envoyait une lettre au préfet. « J'ai agi sous l'obsession. » Je jouerai ça pour Alice. Et pas seulement pour elle.

Cet ouvrage a été composé par IGS-CP
à L'Isle-d'Espagnac (16)
et achevé d'imprimer par
Firmin-Didot, groupe CPI
en avril 2023.

Imprimé en France
Dépôt légal : mai 2023
N° d'édition : 1103 – N° impression : 174264